一百万个赞

李哈罗

江苏凤凰文艺出版社
JIANGSU PHOENIX LITERATURE AND
ART PUBLISHING LTD

给大闸蟹

目
录

自序　严肃知音体文学继承者——李哈罗　001

1　一百万个赞　－　001

2　自知之明　－　025

3　女二号　－　031

4　陈舟舟　－　043

5　黄瓜味薯片　－　053

6　他是我的男闺密　－　061

7　人人都爱玛丽苏　－　069

8　我等你　－　077

9　爱情应有千万种结局　－　083

10　余小姐的五年之约　－　093

11　有个婚，我想跟你结一下　－　105

12　所以你会娶我吗　－　123

13　巧笑嫣然　－　133

14　梦魇　－　147

15　欠下的都得还　－　159

16　我的朋友崔莉莉　－　171

17　谁信我爱过你　－　199

严肃知音体文学继承者 —— 李哈罗

我从来就不觉得自己是个作家，或者小说家，再或者是别的什么，毕竟我这辈子干得最好的事情应该是做红烧肉，似乎只有在这点上才有了那么一点不要脸的自信。

我习惯称呼自己为知音体文学优秀继承者，似乎只有躲在这样一个大俗的名头身后，才会有那么一点安全感，文学上道路上的神仙太多，早点认怂，还能落得个谦逊的名号。

我这二十多年来，三心二意浅尝辄止的事情做得太多。比如如今时尚念了一半，已经和导师说想去蓝带学厨子了，可码字这事却是个例外，这些年来一直断断续续地在给它续命。

我最初尝试小说这种东西，还在念小学。那时候的写是真的用笔写，写了个"玄幻"版水冰月的故事。密密麻麻的一个日记本，语言极其幼稚，内容令人汗颜。上了初中后就在母上的监督下开始当学霸了，却是那种很丑的学霸，说来也是不堪回首的辛酸事。上了高中，又开始放飞自我，追寻文学梦了。一个月前在微信公众号里开了一个长篇，有高中好友回复说："你是不是忘了那个写在纸巾上的故事还没有完结？！"我又怎么可能会忘呢？除了那纸巾上的真人舞台剧，还有学校练习本上的穿越文，政治课上写的不会用枪的特工，当然还有透明文件夹装 A4 纸的"小时代"版"金锁记"。这些，都是那些年在自习室没有填完的坑，也是那些年在自习室耗费的自来水笔。

再后来就上了大学了，很长一段时间，我的读者就只有小花。一个写大众小说的人，没有读者真的是很寂寞又痛苦的事。我觉得我之所以能坚持下来都是因为小花的读后感，常常就是我写 2000 字，她能回 500 字的读后感。现在敲下这些文字，我都忍不住想掉眼泪，真的很感谢小花，一次一次地鼓励我："哈罗，你有写文章的天分，你要继续写小说。"

我们凡人谁能说谁就有天分呢，不过是比谁更能坚持罢了。

后来也是由于机缘巧合，捡起了豆瓣帐号，认识了"切"。他算是我豆瓣最早认识的网友，也是最早推荐我文章到广播里的人，就这样，慢慢地我开始有了固定的读者，有了"喜欢"，有了"评论"，有了"推荐"。中伤的评论不是没有，可引起共鸣的回复更多，坦白讲，我从没有希望所有人都喜欢我，但我还是需要有人喜欢我，然而这样就够了。

这本小册子里几乎都是我这两三年写的故事，大部分是些陌生男女在都市中相遇的故事。中国现当代文学中，我最欣赏的大概是海派文学中的新感觉派，作家刘呐鸥在他的短篇小说集《都市风景线》中描写了一对对都市陌生男女萍水相逢后的男欢女爱，他们相遇在火车，相遇在舞厅，相遇在诸如此类当时"大上海"因时代前行产生的产物里。而我的故事里，有无数的男女相识于网络这个新世纪大肆发展的产物，面具再虚假，感情却都是真实的，浪子再深情，遇上坏时机还是没有好结局。

　　此书从计划出版已经耽搁了好一些时日了，此中经历了种种波折，最终能集结成册，已经是这些知音文学的万幸了，还想将自己的知音文学类比中国现当代文学中最具开创性的文学流派之一，真的是有点不要脸了。于此收笔，还望各位看官嘴下留情。

李哈罗

2017 年 7 月 15 日于伦敦

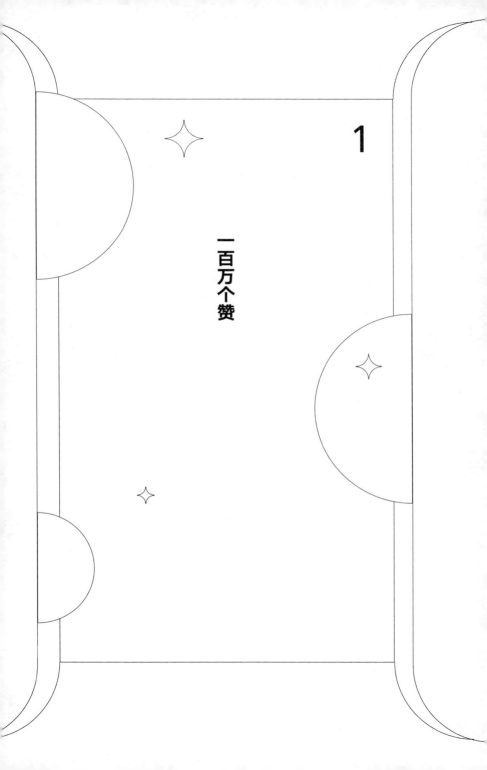

1

一百万个赞

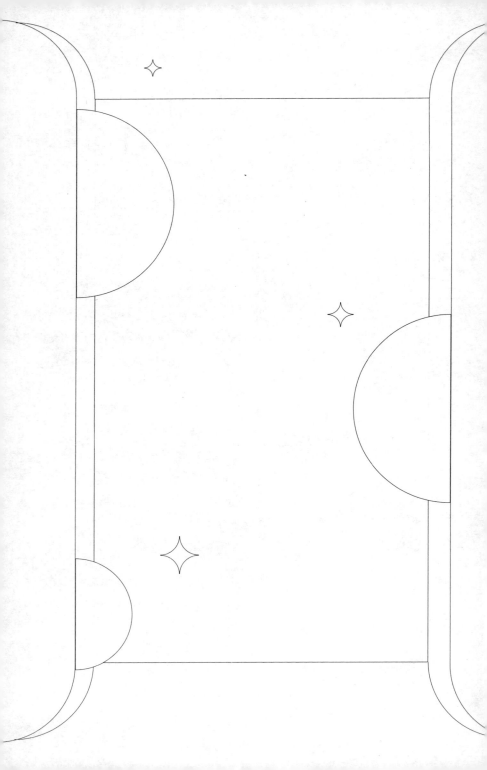

一

　　在每一个需要 play with herself① 的夜晚，许小姐都能清楚地认识到自己有多丑。

　　坦白而言，许小姐综合条件并不很差，每次遭遇千奇百怪的相亲对象，她也只能归咎于自己过于平凡的长相。所以，当她第一眼见到张先生，还以为他走错了片场。不管是从穿衣打扮还是举止谈吐，张先生在相亲的市场上都算得上高级成色。结束的时候，听到他说"明晚吃个饭吧"，许小姐激动得差点摔碎手上的咖啡杯。

　　她说："明天下午约了小姐妹，要不改天再说？"

　　张先生点头，"行，等你有时间了，咱们再约。"

---

①意为"自慰"。

当晚，许小姐失眠了。这些年来，她看过的恋爱宝典与言情小说，虽算不上浩如烟海，但也非常人可比。其实她哪有什么小姐妹可约，只不过早就想试试欲擒故纵的戏码。只可惜，这些年来，她遇上的都是快下市的注水肉，空学一身武艺而无处施展。如今遇上了张先生，那些烂熟于心的宝典自然是信手拈来。

我一定能更吸引他的，伴随着幻想，许小姐终于在鱼肚白的凌晨睡了过去。

见许小姐之前，张先生已经喝过两杯咖啡了，与另外两个女孩。

但许小姐是他第一个发出晚饭邀请的女孩，因为他实在是想不出她能有拒绝他的理由。他隐约能猜出那个小姐妹之约其实是子虚乌有，这些年来，多多少少也有些女孩对他使过相同的把戏。可这一次，他竟然有些愧疚，像是难以负担许小姐的倾心。

张先生患 ED 有一段日子了，确切地说是与前女友分手以后。

他的前任有个怪癖，喜欢在做爱的时候尖叫与哭嚎。张先生与前任的第一次性爱，是在她的一声突如其来的尖叫中被吓软匆匆收场的。第二次在她的哭嚎中更是惨烈，张先生没能坚持两分钟。往后的日子更是江河日下，他不是没有和前任商量过，但在兴奋中，她的反应根本不受大脑皮层的控制。张先生本以为这只是需要一个慢慢适应的过程，但在屡次的挫败与前任失望的眼神，让他在与前任分手后，彻底告别了男人的功能。

张先生自然也不是坐以待毙的人，被频频造访的医生最后只能黔驴技穷地说："心病还需心药医。"

张先生倒是想让前任做一回白衣天使，但"请问你能跟我上次床来治病吗"这样的话又让他如何启齿。更糟糕的是，随着年岁渐长，在父母之命不可违的情形下，的确是见过几个女孩，但那样心高气傲的女孩又哪能忍受一个不举的男人呢？

直到他遇上许小姐。

他第一次觉得，这是个会有下文的故事。

几天后，"得了空"的许小姐和张先生共进了晚餐。张先生自然是从头到尾的绅士，让许小姐活生生地觉得自己多年没有男人的滋润完全是为了如今的苦尽甘来。晚餐后，他将许小姐送回了家，许小姐在副驾驶娇羞地邀请道："要不上去坐坐吧，时间还早呢。"

张先生内敛地笑道："周末再聚吧，你是说过喜欢钓鱼吧，周末要不去朋友那里玩玩？你看怎么样？"

许小姐点点头，"你安排就好。"说话间，开门下了车。

没等许小姐走几步路，张先生按下车窗叫住了她："晚上记得早点休息。"

许小姐转头挥了挥手，听口型，像是在说"拜拜"。

许小姐觉得自己挖到宝了。

刚上了楼，就甩开了鞋子，跑上床蹦跶了十几下。这样成熟稳重又不猴急好色的男人怎么就被她给碰上了呢？

做梦都能笑醒呢。

张先生的危机最终还是来了，那天他们吻得动情，躺上床的那刻，张先生甚至以为自己马上要不治而愈了，只是许小姐连内裤都脱了，他还是软得那么令人失望。

　　许小姐愣愣地问："所以，你……有这个毛病？"

　　张先生取过衬衣，不敢看她的眼睛，"是啊。"

　　她起身在他的身边坐下，"那……能好吗？"

　　张先生仍低头看着地板，"我在治。"

　　那晚，许小姐是在张先生的臂弯里睡着的。她暗暗地想，他那么好，要是这辈子都不举，她也就认命了。

　　尽管还是有些不甘心。

　　早上醒来，张先生就被许小姐公寓里满天飞的 A4 纸震惊了。他伸手抓过一张，密密麻麻写满了"赞"。

　　"这是？"他举着纸向许小姐问道。

　　正睡眼惺忪的许小姐陡然一惊，下意识地抢过张先生手中的 A4 纸，讪讪地说道："哈哈，没什么。"

　　"可是，这满地的……"张先生显然没有打消疑虑。

　　许小姐仍是讪讪地笑，连忙起身收拾客厅的狼藉，"练字，练字，我在练字。"

　　许小姐写"赞"已经有些日子了。近些天，更是有了空就奋笔疾书。

　　她得了一个方子。一个能"治愈"任何疾病的方子。

　　确切地说，是一支笔。

　　只要用这支笔写满一百万个赞，就可以实现任何一个愿望。

　　这听起来像是一个任何智力正常年龄超过三岁的人都不会

相信的神话故事。许小姐没疯不傻，所以她将信将疑。但是太多的巧合和低廉的成本，让她觉得可以一试。

陌生人慌慌张张塞给她的字条，寺庙住持微妙的话语，午夜巡回的梦境以及在家门口神秘出现的造型怪异的笔。

许小姐魔障了似的决定试试。

随着离完成 100 万个赞的日子越来越近，许小姐这些天都有些失眠，兴奋与不安伴随着她的夜晚。当初提笔写第一个赞的时候，她的目标很明确，就是变美。但是，如今快完成了，她倒是开始犹豫了。

她想给张先生治病，许小姐才三十将近，哪能真正甘心做个活寡妇呢？可是不如意的外表也是困扰她十几年的难题。唉，夜不能寐。

与许小姐良宵一度的一周后，张先生在出差的城市碰到了前任。前任大方地打招呼："世界真小啊。"

张先生有些出神地看着她。得体的穿着和恰到好处的妆容，她还是那个人群中的焦点。

前任上前问道："最近如何？有新的女朋友了吗？"

她问得那么自然，张先生的答案是脱口而出的："还那样吧，没呢，你呢？"

她没有回答，只是抿嘴笑，笑得那么好看，"忙去吧，有空联系。"

下午开会的时候，张先生收到了一条新短信："晚上喝一杯？"

不知道是酒精的作用，还是微醺的前任如今温柔的呻吟，张先生晚上的表现简直可以用如鱼得水来形容。结束后，前任枕在他的胸口说："我们复合吧。"

那个瞬间，张先生的脑中应该是有划过许小姐的影子的，但是他抚着前任光洁的脊背说："好。"

许小姐最终还是决定给张先生治病。当她在纸上写下治疗张先生的 ED 这个愿望后，立刻给出差回来的张先生打了个电话，"今晚有时间吗？来我家吃饭呗，刚学会了几个新菜式。"

张先生的第一反应是惊慌，但深呼吸两下后，他答应了。

酒足饭饱后的张先生望着眼含秋水的许小姐，心理惴惴不安。适量的酒精让许小姐大胆地将手伸入张先生的西裤，在他耳边低语道："今晚试试呗。"

张先生的眼前浮现出了前任曼妙凹凸的胴体，他掰直许小姐的身体，朝着她丰厚微张的嘴唇吻了下去。

随后两天的周末，许小姐和张先生都没有联系彼此。

许小姐兴奋得快发了疯。不仅是因为张先生的 ED 治愈了，还因为她手握了能满足任何愿望的神笔。她开始幻想自己在写完 200 万个赞的时候该要什么，写完 300 万个赞的时候……她甚至兴奋得不能一个人享有这个秘密，她向最好的闺密神神秘秘地低声说："你知道吗？我现在可以实现你的任何愿望。"

闺密当即浇了冷水，"你是疯了吧。"

"我知道你不信，"许小姐离闺密坐得更近了一点，"我试过了，真的可以实现！具体怎么操作我不能跟你说，不过跟写字有关……"

"等等，"闺密突然像是想起了什么，"该不会是有关一支笔吧。"

许小姐朝四周警惕地看了看："你小声点，是有关一支笔，可是你怎么知道的？"

闺密讪讪地笑着，没有说话。这本是一个愚人节的玩笑，有关陌生人的字条，主持的解说，门口的笔，都是朋友假扮的，没想到这么一个漏洞百出的玩笑居然能欺骗许小姐到这种地步。

"我猜的。"闺密不知道该如何告诉现如今像是着魔了般的许小姐真相。

许小姐心领神会地点点头，继续不停地诉说自己的奇遇。

而张先生则是陷入了无尽的折磨。他会和前任复合，这已经是板上钉钉的事情，只是他不知道该如何向许小姐开口。手机上的短信编辑了又删除，删除了又编辑，轮回往复。最终，他还是发送了信息："我们还是不要再见面了。"

张先生不合时宜的信息降临在许小姐浑身散发着炽热光芒的时候显得像是一个玩笑，滔滔不绝的许小姐在闺密面前突然安静了下来。闺密看着她，她看着闺密，然后反拨张先生的电话。

对不起，您拨的电话正在通话中。

张先生拉黑了她的电话。

许小姐怔怔地不说话，她整个人都呆住了，她无法判断自己的下一步该做什么。一分钟后，她开始流眼泪，渐渐地变成号啕大哭。

只是她的嚎叫还没持续多久，竟慢慢成了冷笑，许小姐终于理清了思路。

有什么好难过的，再写 100 万个赞，他不就又成了 ED 男了吗？

刚想到这儿，许小姐不顾目瞪口呆的闺密，拎包大步走出了餐厅。

二

邱小姐其实早已隐约认出了邵谨和。在学姐的婚礼上，邵谨和是深情款款承诺愿意照顾妻子一生一世的新郎。那样光彩夺目的夫妻，任谁都能牢牢记上个把年。

所以当这著名社交软件上的蛛丝马迹指向他时，邱小姐竟有些难以置信。只是这网上的邵谨和显然对她没什么兴趣，早早地便坦白婚史，妻子美貌又聪慧，懂事又能干。邱小姐的存在，无非是听他高谈阔论，从诗词歌赋到人生哲理，他的每一个句子都散发着这样信号："我允许你崇拜我、爱上我，但是我永远不可能来爱你。"

而邱小姐的前二十几年可谓平淡如水，按部就班地求学、就业，紧接着便是结婚成家。这些年也确实谈过几次恋爱，普普通通的男孩，就像普普通通的她。邱小姐是个明白人，她深知自己与学姐的差距，而邵谨和那样的男人也从来只是少女幻想中的镜花水月。只是数十个夜晚的倾听与畅谈，竟让她生出一丝不甘心。那是个显然在妻子面前得不到认同感的男人，凭什么自得到以为随便哪个女孩都愿意无条件地做他的解语花。

邱小姐的反击是润物无声的。她愣是冷了邵谨和一周，然后轻描淡写地回复他道："上周回法国了，导师说要是我再不出现，就直接让我退学了。"

看到这条信息，邵谨和不禁愣了愣，在他的印象中，邱小姐不过是个三流大学毕业的待业青年，他屈尊与其交流已是对下层人民的关心。他立刻回复道："你在法国念书？"

"嗯，博士延期了，最近有点不想念了。"

"啊？怎么了，不妨说说看。"

于是邱小姐天马行空地给自己编造了一个不一样的人生。国内 top2 大学法语专业毕业后，觉得工作实在无聊又没有经济压力，便申了法国大学的博士。念了两年后跑回国疯玩，最近在申请延期，也许要等结婚后再念了。

邵谨和吃惊地问："你要结婚了？"

"订婚吧，"邱小姐笑道，"他父母已经在加拿大定居了，等他办好了移民就结婚。"

于是，她又有了这样一段感情。从小的青梅竹马，初恋初吻初夜，宠她疼她，感情稳定，从美国硕士毕业后回国打理家族企业，移民手续已经办全，就等着登记结婚了。

那个瞬间，邵谨和翻涌起一股不是滋味。他回想起过去一个月的邱小姐，从古董鉴定到珠宝鉴赏，五言七律到现代诗歌，她的确紧紧地跟着他的步伐，甚至不乏说出一些精湛的见解，更不用说偶尔唱些法文小调，确实有着过人之处。只是自己，一开始就将人家定错了位。

自此邵谨和倒收住了卖弄，可他对邱小姐的倾诉欲却是与日俱增。她的每一次回应都像是在告诉他：她懂他，理解他，愿意崇拜他。他不禁开始想象那个子虚乌有的未婚夫，到底是一个怎样的人，竟得到了邱小姐。

日益熟悉的两人似乎也逃不过男女间必然存在的暧昧。邱小姐说的真假莫辨，隐约间还带着"我不需要你负责"的挑逗，她倒是并不在乎邵谨和是否说了实话，只是真实与虚幻重叠的一个个长夜都让她陷入了爱情的幻境。

终于，在两人聊到伴侣忠诚度的问题时，邱小姐说："其实我并不在乎身体的出轨，甚至精神也无所谓，只要我在他心里永远占着最主要的部分，就足够了。"

邵谨和笑了，"小姑娘没经历过吧，事情发生在你身上就不会这么想了。"

"我在法国的时候，他就有情人，"邱小姐面不改色地胡编乱造，"我还见过他特殊服务的信用卡账单。"

"你无所谓？"

"想通了就无所谓，我早就无所谓了，他健康就行。"

"你不爱他。"邵谨和说得斩钉截铁。

"那是你不了解我。"

邵谨和顾自说："爱情的本质都是一样的，没有人能特殊。"

邱小姐长久地没有说话，过了许久，像是被打动那般，发了长长的语音。她断断续续地说了自己这"唯一"的一段爱情。从一开始的决定试试，到中途被她捉奸在床的尴尬，再到双方的和平相处，最后见父母的皆大欢喜。

而一向温和冷静的邵谨和在听完这个故事后，却异样地激动，他再次斩钉截铁地说："这个婚，你不能结。"

"你开什么玩笑。"

"你会后悔的。"邵谨和接着说，"你根本就不爱他，你知道你不爱他吗？"

邱小姐突然换上了一副世故的嘴脸，"你多大年纪了，还老谈爱不爱的，他给得起我要的生活，双方家庭都皆大欢喜，还有什么是不好的吗？"

"你是不是觉得现在的自己可成熟可明白了？"邵谨和有些急。

邱小姐反问道："你爱你的妻子吗？"

"爱，自然是爱的，"邵谨和急急忙忙地应道，"她那么优秀，没有人能比得上她。"

"那你爱我吗？"

邵谨和久久没有回复信息，直到邱小姐临睡了，屏幕上才亮起一行"我喜欢你"。

邱小姐其实并不知道自己为什么要这么发问。她似乎在这个角色设定中越陷越深，恍惚中已认定自己是那个女主角。明知邵谨和是她永远也得不到的东西，却还是想要证明自己那般问出那么可笑的问题。

邵谨和觉得自己过于荒谬了。他人生前三十几年的经验是绝不会允许自己做出网恋与婚外情这样的傻事，可正是自己前三十年一直依赖的理智给自己带来了这样一段婚姻。邵谨和说了谎，他有一个完美的、引以为傲的、相敬如宾的、却并不相爱的妻子。理智告诉他，这个女人能带给他稳定的家庭和优质的基因，他也以自己能一直做出理智的判断为荣，可他似乎明白了，那是因为自己从来没有过爱情，如今爱情似乎渐渐露出端倪，中年男人的理智也开始慢慢崩溃。

他开始长篇累牍地告诫邱小姐不能结婚，而邱小姐似乎完全地代入这个角色，她好几次带着哭腔回复说："求求你，不要逼我了。"

她反过来逼问道："你这是在企图拯救我吗？谢谢，我真的不需要。"

"不是的，"邵谨和仍是缓和的语气，"我只是不想让你后悔。"

邱小姐的情绪突然就失控了，"那你爱我吗？那你真的关心我吗？你根本就没有！你有的只是雄性荷尔蒙下的拯救欲！"

"我……"

"你别否认！"吼完这一声的邱小姐像是完成冲刺的马拉松选手，浑身无力地躺倒在床上。

邱小姐又怎会不知道自己已经把邵谨和逼得太紧，她觉得自己好绝望，明明自己才是这个游戏的编剧，但却已经玩火自焚。

邵谨和要约邱小姐见面。在排练了无数遍两人间的对话后，邱小姐同意了。

见面后的邱小姐根本没心思打量邵谨和，她在心中过了一遍又一遍的台词，生怕对不上自己设定的剧本。

而邵谨和又哪有什么心思来"拆穿"邱小姐的把戏。他从头到尾地打量着邱小姐，老实说，她并没有他想象中的那种美貌。但看得久了，竟也有种我见犹怜的气质，一寸一寸地印在了邵谨和的心间。

邵谨和在酒店洁白的大床上搂过瘦小的邱小姐，抵着她的额头说："离开他吧。"

邱小姐灵活地转身背过他，"你不懂，没有人能比得上他。"

"那我呢？"邵谨和的手指游走在邱小姐的腹部，"你愿意为了我离开他吗？"

邱小姐调皮地"咯咯"笑，"多大的人了，为了拯救一个小姑娘搭上自己，多不划算。"

邵谨和也笑，"那也得看这小姑娘是谁啊。"

与邱小姐日益加深的交往让邵谨和第一次认真地思考了离婚的问题。他绞尽脑汁，竟想不出一处妻子的不是，结婚时的费尽心思倒成了如今的处心积虑。再者，两人的女儿还太小，一想起女儿，邵谨和的眼底升起了一股温情。

晚上，妻子钻进被窝，将脸贴在他的脊背上，低低地说："等开春，我们去一趟雍和宫吧，我想替一家子求福。"

也许是自己有错在先，邵谨和竟觉得如今的妻子有别样的温柔。他转身握住她的手，吻了吻她的脸颊，"好。"

于是，刚过了立春，邵谨和便携着妻女去了雍和宫。女儿在还未融干净的残雪上蹦蹦跳跳，一回头就是粉糯糯招人的脸颊，妻子连忙追在身后，一遍遍地喊："小圈，跑慢点。"他不禁有些唏嘘，这样的场景，自己不知还能看到几回。

正值妻子点香时，他试探着问道："听说，你们银行的执行总经理年初离婚了？"

"啊？"

"就是那个，那个，姓宋的，"邵谨和进一步问道，"老大不小了，听说是净身出户？"

妻子显然对这个话题没什么兴趣，一边点香，一边心不在焉地回答道："谁知道啊，我平时跟他们不熟。"

说着，举起香，朝着庙堂，恭敬地跪下了，嘴里还念念有词，似乎是保佑一家平安健康。邵谨和望着妻子的背影出神，他又看了一眼女儿，那个瞬间，理智又回来了，他把离婚的念头，狠狠地杀死在了大脑深处。

邵谨和决定忘了邱小姐。可人就是那样奇妙的生物，你若要忘，她便一直如影随形。有几次，他都觉得自己离成功不远了，可邱小姐只消发来一个表情，便勾得邵谨和前功尽弃。他明白，邱小姐是他的瘾，可他必须戒。

而此时的邱小姐似乎也陷在水深火热之中，她何尝不知道自己的谎言漏洞百出，只需学姐的一次对质便能让她万劫不复。可她又能怎样呢，她只能一遍又一遍地麻痹自己，邵谨和是她婚前的旖旎，似乎真的有一个完美的未婚夫在等着娶自己。

日渐消沉的邵谨和开始将自己整夜地锁在诊所里。

恍惚中，他记起了一个病人。从业多年来，他可谓什么千奇百怪的病人都见识过，其中自然不乏自称有着各种特异功能的。只是这位病人，留给了自己一支笔。

他隐约记得，那似乎是一个用这支笔写满一百万个赞便能满足一个愿望的天方夜谭，可那位姓许的小姐说得那么真，离开时还神神秘秘地对他谆谆告诫："邵医生，有得必有失。"

绝望中的邵谨和拿出了纸，写下了第一个"赞"。

开始这项费时费力的浩大工程后，邵谨和竟觉得生活充实了不少，像是曾经迷失的羔羊又重新找回了生活的方向。他从容地应对着家庭和邱小姐，告诉自己，希望就在远方。

眼看着最后一个赞字即将完成，邵谨和不禁有些紧张。他小心翼翼地写完最后一笔，凝神屏气地写下了自己的愿望：忘掉邱小姐。

一分钟过去了，他的脑子里还是邱小姐；三分钟过去了，仍是邱小姐；十分钟，三十分钟……

竟完全没有用。邵谨和猛得将笔丢向了墙角，他其实早就料到这事的荒唐，他只是气自己竟然信了一个病人的疯话。他缓缓起身，捡起了那支笔，不知不觉中又在纸上写下了邱小姐的名字。

"邱××？"身后突然响起妻子的声音，猛得将邵谨和惊醒，他连忙收拾好纸笔，讪讪地说："哦，没什么，最近工作上遇到的人。"

妻子却表现得十分好奇，"咦，这是不是我那个高中学妹吗？当初她父母双双下岗时，还是我们家资助她上完大学的呢。话说，我们结婚的时候，她不是也来了吗？"

邵谨和呆住了，"你说什么？"

"她现在是找到工作了？"妻子显然没有察觉他的不对劲，继续道，"当年大学毕业以后一直在家里待着呢，她妈妈上回还托我替她找份工作呢。处了几个对象也不尽人意，都是些不争气的小伙子。哎，你要是有未婚男青年，可替我这学妹留意着呗。"

邵谨和默默地打开了相册，指着邱小姐的相片问道："就是这个？"

妻子只瞟了一眼，"可不是嘛，不过确实比当初那个黄毛丫头要好看了许多。"

其实邵谨和隐约知道邱小姐并没有说实话，却没有料到，这突如其来的真相竟能将其心间的摩天大厦于一夕之间完全击毁了。他的目光瞥到了那厚厚的一叠"赞"，大脑竟鬼使神差地兴奋了起来，似乎在暗示着一个契机。于是，下一秒邵谨和拉黑了邱小姐的联系方式。

他长长地舒了一口气，搂住了倚靠在一旁的妻子，妻子下意识地有些退缩，邵谨和搂紧了她，喃喃自语道："我爱你。"

只可惜，这世上哪有这么多的如你所愿，他远远低估了一个女人鱼死网破的决心。直到妻子将邱邵二人的对话记录甩在桌上，他才意识到邱小姐到底做了什么。邵谨和死死地拖住妻子，"你听我解释，这一切都可以解释……"

"你觉得还需要吗？"妻子冷冷地说，"小圈的监护权归我，我们离婚吧。"

说完，头也不回地离开了屋子。

只是还未走远几步，她的嘴角已溢出了一丝笑意。年初的时候，老宋就办了离婚手续，这几个月也没少催她，正愁着怎么拿到小圈的监护权，天上竟掉了个馅饼。

看来，上回去雍和宫烧香许愿还挺灵验。

三

近些天，罗进军总觉得邵奋达有些怪。自那天家属探访后，他竟主动要了厚厚一沓白纸，开始在房间不分昼夜地书写。白天找他盘问谈话，也只是推托说："我是在写向组织交代的材料。"可罗进军早就看过监控，白纸上只是密密麻麻地写满了"赞"，一张又一张，像是永远也写不够。

算起来，邵奋达被双规了也有些日子了，可他交代的情况永远只有一句话："我是被陷害的，我从来都没有做过对不起党和人民的事情。"罗进军自然也不是吃素的人，在纪委待了那么多年可谓什么牛鬼蛇神没有见过。这样的硬石头，换作平时证据确凿，早就被严判了。可邵奋达似乎吃准了他的案子受贿金额和途径都模糊不清，硬是在这酒店和纪委磨了大半个月。

罗进军本以为是他恩威并施撼动了邵奋达，可从邵的举动看来，更像是无计可施后，入了邪教。

骆先生刚发动车子就隐约觉得不安，直到前方的交警示意他停车检测，他才明白自己的直觉有多准确。

早些时候刚结束应酬回家，骆先生便看见妻子手捂着腹部，蜷缩在沙发上。他连忙问道："怎么回事？吃药了吗？"

妻子虚弱地开口道："肚子有点疼，刚吃了药，应该没事了吧。"

"这哪像是没事啊？"骆先生立刻掏出手机叫车，可也许是时间太晚又或是这住处实在过于偏远，竟没有一辆应答的车辆。

他一下子有些急，来回踱步后拨打了120。

120的回答照例是程式化的，询问了骆太太的病情和住址后，便只留下了一句"请您耐心等待"。

半个小时过去了，紧接着一个小时过去了。眼看着妻子面色紧锁，骆先生扶起她便往地下车库走去。

"你要做什么？"妻子不解地问道。

"送你去医院。"

妻子连忙挣脱他，"说什么胡话，你这不刚喝了酒，我就算给晓琳打电话来接我，也不会让你开车的。"

也许是受了酒精的影响，骆先生不由分说地拖过她就走，"不碍事不碍事，就几瓶啤酒。你看这都几点了，人家都睡了，大晚上的，交警也不会来测了。"

妻子还想反驳，但确实腹痛难忍，便也坐上了副驾驶。

"你喝酒了吗？"路灯下的交警递给了他仪器，"吹一下。"

骆先生深深地叹了一口气，接过了仪器却没有动手。

"怎么了？"交警疑惑地看着他。

"那个，交警同志，"骆先生侧过头，"我真的赶时间，我媳妇身体不舒服急着上医院，你看是不是——咦，这不是传勇吗？"

钱传勇被骆先生这么一喊，也认出了他，"嘿，老骆，上次同学会后可一直没见过啊，这回倒是巧啊。"

骆先生不知道该如何形容自己此时的心情，一激动，倒有些语无伦次："我这不是有急事嘛，你看，我这媳妇，我这心急，我……"

"嫂子这是生病了？"钱传勇往车窗里望了望，"不过这程序还是要走的，吹一下吧。"

骆先生一下子更急了，"传勇我跟你说实话吧，我晚上应酬喝了一瓶啤酒，现在应该没什么酒气了，咱们算是同学一场，今天就算了吧，求求你了。"

"这个……这个……"

"大家都是公务员，你也知道测出来酒驾我就完了，算我求你了传勇。"

钱传勇又瞅了眼副驾驶骆先生的妻子，脸色苍白，疼痛似乎已经让她无心参与其中。他背过身去，迟疑了好久，终于还是开口了："你先测一下吧。"

"传勇……"

他打断了骆先生，"别说了，我心里有数。"

钱传勇伸手取过仪器，看了眼数值，还好，只越线了一些，远没到酒醉驾驶的程度，他朝骆先生挥挥手，"走吧走吧。"

骆先生对着这意料之中的惊喜竟不知道该说些什么，一时愣住了。

钱传勇伸头向他嘱咐道："你到了下个路口，一定要停下来打车啊，记住了吗？"他接着又说："你看这正轮到值班，一时也走不开，不然怎么说也该送送嫂子。"

骆先生发动了车子，"兄弟，什么也别说了，等这事完了，哥几个好好聚聚。"

"没事没事，"钱传勇再次叮嘱道，"一定要注意安全啊！"

第二天上班，钱传勇刚进了支队就看到同事们围在了一起。

"哎，你知道昨天晚上车祸当场死亡的是谁吗？是区长的儿子啊！"

"什么？听说是对方酒驾，副驾驶的媳妇伤得也不轻呢，话说小张你不是在现场吗？说说什么情况。"

小张压低了声音，"其实吧，这责任完全不在姓骆的身上，全是因为区长儿子超速得实在厉害。可现在他查出来是酒驾，对方人也没了，这小子算是完了，听说还是个公务员呢。"

小张说着说着，瞥到了刚进门的钱传勇，连忙叫住了他，"哎，传勇，昨天你不是在那路段附近测酒驾吗？你碰到这辆车了吗？"

那个瞬间，钱传勇觉得自己的心跳跳漏了一拍。他怔了怔："啊？"

"你碰到这辆车了吗？"小张再次问道。

"没有没有，"他当即矢口否认，"我怎么可能会遇到。"

这姓骆的，不是早就提醒他到了下个路口就打车吗？完了，这事要是细查，恐怕连自己都会赔进去。钱传勇木木地站着，一抬手才发现自己拿着文件的左手已经开始控制不住地打颤。

"……还有区长老婆那老娘们，可凶悍，非说要什么查个水落石出，昨儿个就在大队里横要对口供，竖要调监控的，逮着谁骂谁。说实话，就她那儿子，谁摊上谁倒霉！"

"行了行了，你看她毕竟失了儿子，精神上有点狂躁也要理解。"

"我说也是报应，他这二世祖，上回还撞死俩孕妇，他爸不知道怎么摆平的，嘿，现在轮到自己了……"

远处还传来同事们窸窸窣窣的议论声，可钱传勇已经什么都听不清了，他的大脑一片空白。

听到罗进军和自己说收拾一下衣物，明天就能离开酒店了，邵奋达竟有些难以置信。他直愣愣地盯着书桌上的纸笔，已经听不清罗进军的话语了。

邵奋达想起两周前，本以为侄子邵谨和不远千里飞回来探望自己是有了什么良策，没想到他故弄玄虚了半天，竟只是拿出了一支笔，然后告诉自己写满一百万个赞的方子。他自恃也是在官场混了几十年的老人，又怎么会相信这样的鬼话。可正值非常之时，自己这侄子又素来靠谱，邵奋达几次提笔又落下，想到自己那不成器的儿子还需自己庇护，最终还是写下了第一个赞字。

现如今似是愿望成真，他早已忘了邵谨和的耳语："大伯，这方子挺邪乎，选择权都在你。"紧紧地攥着书桌上的笔。

"……嗯，那个通讯工具还给你，"罗进军将手机递给了邵奋达，"记得通知家属明日来接你。"

邵奋达连忙从沉思中反应过来，连连点头。罗进军似乎还想再说些什么，最终却只是拍了拍他的肩膀便离开了房间。

邵奋达立刻手忙脚乱地开了机，拨通了在市纪委发小的电话："喂，老高啊，是我，奋达。我这事算是结了？"

老高显然对他的开门见山有些措手不及，"哎呀，是奋达啊。哎，哎，对，是结了。"

邵奋达刨根问底："怎么突然就结了？虽然有你在上面替我着力，可怎么那么突然？"

老高清了清嗓子，理了下思绪："是这样的，你这事吧。一来，涉嫌金额不大；二来，其实也有点证据不足，上面拿到的举报资料也不全；三来……"

老高突然就打住了，邵奋达连忙问道："三来什么？"

"啊，没什么，"老高转移了话题，"总之出来以后多保重，这么来一场也该看开了。"

邵奋达也连连感慨："是啊，钱乃身外之物，我就守着我这一家平平安安就好。"

第二天一大早，邵奋达远远地便瞅见一身黑衣的妻子了。

只是一走近便扑到他的怀里号啕大哭，"邵奋达，终于如了你的愿了！你总说小宏是这辈子给你讨债来了，现在这讨债的人走了！走了！！！"

邵奋达有些晕，"你说什么？小宏呢，又去哪儿野了？"

"他死了！"妻子哭得满面狰狞，"邵奋达，你儿子死了！死了！被人撞死了！"

"什么？"邵奋达怔了十秒，然后缓缓地拉开了身上的妻子。

他颤巍巍地掏出仔细包裹的那支笔，手一抖"扑通"一声，掉在了地上。

2

自知之明

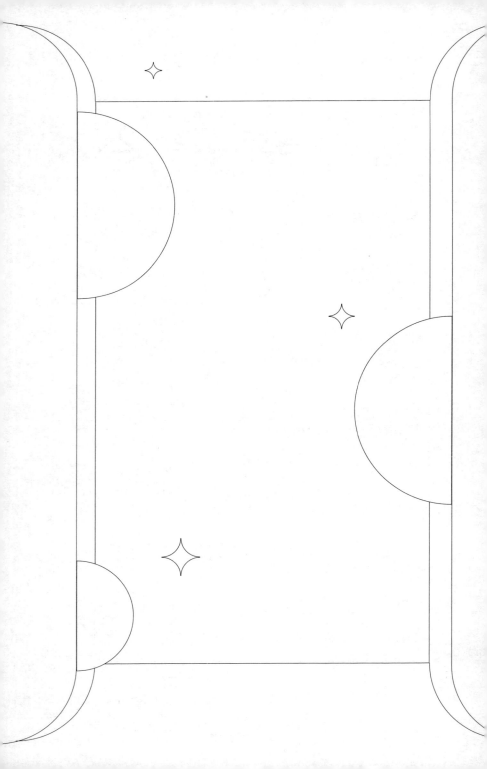

我发誓，我开口约钱书同出门时，真的只是想单纯地吃一次饭，最后滚到床上，也只能怪他长得太好看。

　　我和钱书同蛋逼也得有几个月了，五湖四海的单身狗群里，有一搭没一搭地闲聊着，偶尔耍个暧昧，我觉得其实挺好。我一直觉得自己在撩汉这个领域，称得上半个专家，女孩不外乎就是谁先中了套路谁先死，而我，胜在能忍。

　　所以我敢撩他。

　　"Hey，我刚路过你的单位。"

　　钱书同秒回了惊讶的表情，"什么，你来上海了？"

　　我"咯咯"笑地给他发语音，"怎么，我就不能来啊。"

　　他的电话一下子就打了进来，"季蕾，你在哪里？"

　　于是，我在马路边欣赏了他的追尾事故。

　　他穿了身休闲西装，幸亏个子高又长了张韩剧男主的脸，不然我一定忍不住上淘宝搜同款黑他。看到我时，挥了挥手，示意我不要过去，然后走近我，笑着说："马路中间危险，我马上就好。"

吃宵夜的时候，我笑着损他："你这车那么新，追尾了也不暴跳如雷，姐敬你是条汉子。"

他替我剥开了虾壳，"这不是遇见美人，故作绅士嘛，换作平时，大概也是要泼妇骂街的。"

我吵着让他骂给我听，他也不恼，"在你面前，我会害羞。"

然后接着剥虾。

我觉得他是想睡我的，当然我也想睡他，可是我坚持开了标间，甚至在他偷看便利店的安全套时，还扯着他出了门，"钱书同，我不能睡你。"

洗完澡，他就开始在床上翻来覆去地折腾。我说："大哥你能不能消停点，我明天要回公司。"

"可是季蕾，我的枕头太薄了。"

这是什么烂理由，我在心里翻白眼。

"这个枕头真的是太薄了嘛。"他怕我不相信，还使劲地拍了拍枕头。

于是我起身，直勾勾地看着他，"钱书同，我们做爱吧。"

我知道我喜欢他，可我不敢去想他不喜欢我，所以我要掌握主动，我以为主动的那个，永远不会输。

还没等他回答，我就脱掉了睡衣。我裸露着上身，"好看吗？"

他有些呆，不过立刻抱住了我，他像个受到鼓励的孩童一样，颤抖着吻我。从嘴唇到胸脯到肚脐到双腿。

他紧紧地掐住我的肩胛，"季蕾，季蕾，我想要你。"

他的呼吸太热了，让我忍不住咬到了他的耳垂，他吃痛抓住了我的大腿，"季蕾，你为什么能那么美？"

我牵着他的手，褪去了内裤，"我要你进来。"

早上醒来时才发现我竟然滚到了地板上，我没好气地大叫："钱书同，是不是你把我挤下去的？"

他竟然直接拎着我上床捞进了他的怀里，"季蕾，我还想要你。"

我反问他："现在不害臊了？"

他送我去机场的路上，我们都没有说话。他面无表情地开着车，我则默念约炮无后续的原则，直到我把酒店的遥控器从包里翻了出来。

他让我丢掉，我偏不，我赌气式地盯着他，"不要，你帮我还回去。"

于是落地后的第一条信息，是他还给酒店的照片，"喂……遥控器已经还回去了。"

然后便是长久的别离。

他仍是会对我家长里短，问东问西，有些时候还会假意醋劲大发，"你是不是跟别人上床了？"

但是我除了能回答一个"哦"字，别的什么也给不了。

他问我为什么不理他，为什么要当着他的面跟别人调笑。

我能怎么说？告诉他你是我遇见过最有魅力的男生，我觉得你应该值得更聪明漂亮的女生？每一个真实的成绩都要去掉一个最高分，而他恰巧是我的最高分。

这么多年我从未因为一个男人而患得患失，也不过是很懂得"自知之明"这四个字。

我想他，可我不能说，我得忍，我怕不得善终。

后来，就变成了一个很狗血的故事。

老死不相往来的男女主角，得知了对方结婚的消息。

钱书同快结婚了，听说新娘一颦一笑都像我。

我想起他赶往我的城市说："季蕾，跟我生活在一起好吗？"

我想起他每次离开时，我那打扫得干干净净的公寓。

我想起他动手剥的虾、剥的花生、剥的栗子。

我也想起他拉黑我前最后的决绝，"季蕾，我这辈子都不会再用这个号码了。"

我以为我跟他之间不是爱情，可现在才发现，自始至终它都是。

再后来，我就哭了。

我以为我不会哭，所以我去参加了他的婚礼，但我没忍住。

新娘没有那么美，可整个人都洋溢着光。

你知道吗？

喜欢一个人的时候，你要去喜欢。

这么简单的道理，为什么我不懂。

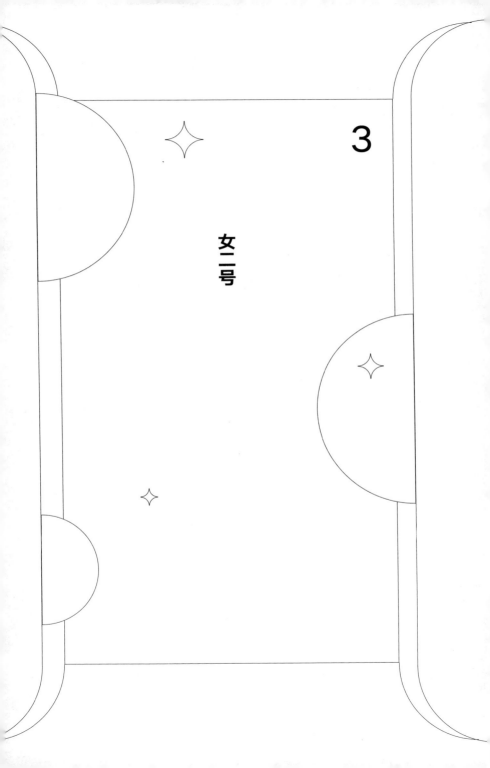

3

女二号

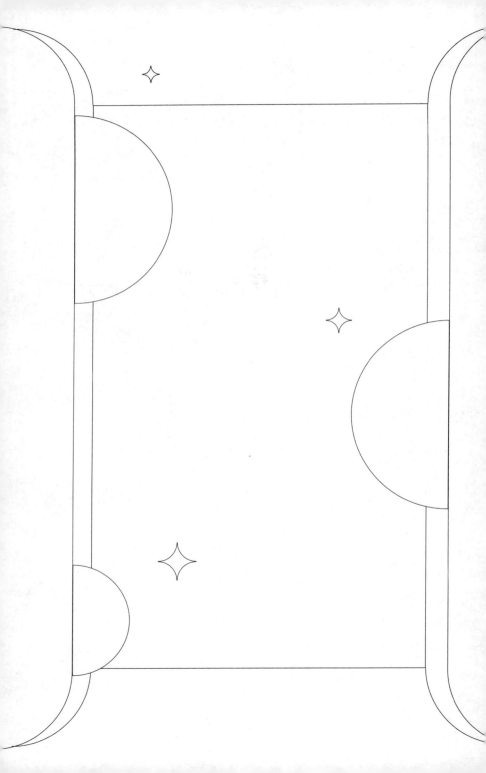

我承认那是我最难熬的日子。

柯靳安从加拿大电话我说："张世界，我们还是分开吧。"

我懵得一下子不知道该怎么回答。老实说我扛得起任何一段失败的感情，但唯独不可以是柯靳安。他是我年底说好要结婚的未婚夫。

我说："柯靳安，劈腿的人都要死。"

他说："那你不知道已经死了多少回了。"

听到他那么说，我知道我们已经完了。

我真想说"你特么无情无义无耻"。

"April，我知道是我对不住你。如果我的生命中没有出现她，我已经接受这被安排好的婚姻了。可她出现了，我第一次觉得这个世界上有一个人值得我为她做任何事，对不起，April，对不起……"

手里拿着电话，可我其实已经听不清他到底在说什么了。只记得他絮絮叨叨，啰啰嗦嗦，长篇大论，我差点忍不住破口大骂："我们在一起三年，怎么就成了被安排好的婚姻了？你特么算什么，以为自己是首富的儿子吗？你有什么资格做偶像剧的男主角？我特么又不是市长的女儿，你又凭什么给我安排一个悲惨女二的角色？"

可我最终说出口的却是："你准备怎么跟你妈说？"

他停顿了一下，也许没有料到我的平静，"我会想办法的。"

他又继续说道："April，我真的不想这样，你一定能理解我的压力有多大。可我真的不想做个所有人眼中的纨绔子弟，我想对她负责，我……"

"那我呢？"我打断他，"我就不需人来负责吗？"

电话那头沉默了半晌，"张世界，你自己说，你对我又有多少真心，我们都彼此救救自己吧。"

我说："你放屁。"然后掐断了电话。

我和柯靳安在一起三年，认识于老套的相亲，那时候我刚从美国念完硕士。

叶女士（我妈）说，见见吧。

我说，好。

于是我们成了朋友圈内有名的金童玉女。叶女士和顾女士（柯靳安妈）早早地以亲家相称，等他和小叔处理完加拿大的纠纷，年底结婚。

我知道他和无数的女孩暧昧，从温软的小学妹到胸脯是我三倍大的五线模特；他也知道我有无数个所谓兄弟，其中不乏是前男友。可我们真的合拍，彼此舒适地适应对方的节奏，在我们这段感情中，双方各出了 40%，还剩下 20% 的间隙来缓冲。

可是他现在跟我说，张世界，我找到真爱了。张世界，我们都彼此救救自己吧。

剧本怎么能说改就改呢？何况，我根本就不想改。

番茄冲着我"汪汪"叫，嘴里叼着纸巾。

我舔了舔嘴唇，湿湿咸咸的，我竟然也有因为男人哭的一天。

顾女士邀请我喝茶，我欣然赴约。

她对我满脸堆笑，"张张，这件事情完全是柯靳安的错。"

我低头拨弄茶杯。

"那孩子懂什么呀，你放心，这件事，阿姨肯定是站在你这边的。"

她见我仍旧不说话，突然伸出手握住了我拨弄调羹的左手，"阿姨答应你，年底的婚礼不变。"

我看着她那双精心保养的手，和我交织在一起，宛若二十许的少女。

"阿姨，我不想为难靳安。"

我不知怎么的，绿茶这套真是玩得得心应手，我多想狠狠地说："您是哪来的自信还觉得我非你那宝贝儿子不嫁呢？"可是我没有。

顾女士听我那么说，似乎松了一口气，"那混球要是有你一半懂事就好了！三十的人了……"

我抿嘴笑，都不知道嘴巴里到底在喝些什么。

回去的路上，叶女士来电问顾女士的意思。

我说，婚礼照常。

叶女士几乎是脱口而出，她神经。

我差点没握住方向盘，立刻停在了马路一边，号啕大哭。

顾女士和我说，那个姑娘叫林智慧，在哈尔滨念大学，拉大提琴的，和柯靳安是因为微信捡漂流瓶认识的。

捡漂流瓶，柯靳安，你还在用这么古老的交友方式，对得起那些层出不穷的新创意吗？

顾丽萍其实真的没有必要告诉我那么多，她这样无非是想要我在那个可怜的姑娘面前宣誓主权。

叶女士问我接下来的计划。

我说我还是想结婚。

叶女士侧身在我身边坐下，"张张，你没有必要委屈自己。"

"人人都知道我们要结婚了，爸爸丢不起这个人。"

叶女士正色道："错不在我们，何况，面子名声哪里比得过你的幸福。"

我咬着嘴上的死皮，"可是妈，我喜欢柯靳安。"

叶女士看着我，起身叹了一口气。

我真的需要时间。

我去找了那个大提琴女孩，过程异样地顺利。

我问，同学，你知道林智慧在哪里吗？

然后我便远远地见到了她。

肤白貌美，身材高挑。走近了见她，两眼笑得弯弯的，有着好看的卧蚕。

"你是？"她朝我问道，不是那种清脆的少女声，低低地，却出奇地舒服。

我也朝她笑，"张世界。我是看到你在中介公司的信息找来的，请问你做家教吗？"

"是教拉琴吗？"她显然有些疑惑，"我好像没有登过这些信息啊。"

"哦，这样的啊。也许我找错人了吧。打扰到你了，再见了。"

林智慧朝我摆摆手，末了，还蹲下身摸了摸一边的番茄，"这泰迪真的好可爱啊。"

番茄顺着她的方向，撒娇般地蹭她。

你看，连番茄都喜欢她。

番茄是初恋移民前留给我的。

其实我喜欢的一直是雪白雪白、毛很长、跑起来又飞快的大型犬，所以我对番茄像恶毒的后妈。

如果换了初恋，他大抵也是无法抗拒像林智慧这般的女孩吧。

柯靳安像是在我的生活中消失了一样，可我仍按部就班地去试婚纱、挑婚戒、考察婚宴场地。

试婚纱的时候，有旁人不经意地问起："小姐，您的未婚夫怎么没有来？"

我看着镜子中从未那么美好的自己，笑着说："他呀，早些时候还一起出门的，这不公司有急事脱不开身，估计等下就过来了。"

一旁的顾女士侧头看着我。

我想，我要不是很爱柯靳安，就是已经心死了。

"张世界，你是不是已经去找过她了？"

我对柯靳安的质询着实有些错愕。所有人都可以觉得我心肠歹毒、居心叵测，企图谋害王子的真爱。但只有柯靳安不可以，因为他欠我。

"她拒绝和我结婚。"

我对这个结果并不惊讶，但我却对这个原因有些吃惊。

柯靳安继续说着："她说你那天去找她，远远地就望到精致得一丝不苟的你了。那个瞬间，她觉得我从来并且永远不会属于她。"

"所以，"我一字一句地说，"她一直都知道我。"

我用的是陈述句。

柯靳安似乎明白了我的意思："April，智慧她一直是拒绝我的，也从来没有要插足我们的意思……"

"你还不明白吗？柯靳安！重要的不是她，不是那个白莲花林智慧！重要的是你！我只在乎你。"

他没有再说话，我只记得自己对他的呢喃："谢谢你，靳安，至少我曾经在你心中的确是未婚妻。"

其实我自己都分不清上述话语哪些是出于真心，哪些是虚情假意，自然不必说柯靳安。作为一个自认为全世界男人都要爱我的自恋狂，我向来不耻于所谓的绿茶手段，但人若是侵我一尺，我必还其一丈。

我说："接下去你准备怎么办？"

他不说话，我接着说道："继续玩消失？"

"我没有办法，"他的语气显得甚有苦衷，"你看我妈这态度，我只能干耗着。"

"这样吧，你回来跟我结婚，"没等他反驳，我又说，"不登记。"

他似乎明白了我的意思，"April，你这样又是何必呢。"

"这样难道不好吗？你妈妈需要面子，我们给她；林智慧需要爱情的证明，你也能给她；至于我，也许应付了这个典礼就能离开叶女士的掌控了，一石三鸟，于大家都有利。"

柯靳安叹了口气，他一定觉得我很爱他。

我一点都不惊讶于柯靳安一个月后的浪子回头。

他以一种难以置信的语气对我说道："我真的没有想到智慧她不接受只结婚不登记。我们都已经做出了让步，你都为了我们做出了这样的牺牲，她竟然……当初难道不是她信誓旦旦地说，只想和我在一起，不在乎任何虚名，甚至都不愿意和我结婚吗？"

我暗自冷笑。

林智慧爱柯靳安是真，不在乎虚名也是真，可她夹杂着自卑的强烈自尊心更是真。我可以丧心病狂地愿意跟一个别人的丈夫举行结婚典礼，她怎么能愿意接受自己的丈夫在其余人眼里是另一个人的丈夫呢？

只可惜，柯靳安不会明白。

"April，我们结婚吧。"

柯靳安掰过我的身子，面对他，"April，能不能原谅我这一回？"

我皮笑肉不笑，并不说话。

"你是不是觉得我既无耻又可笑？"他显然已经意识到自己在说些什么蠢话。

我侧过头，"我不是圣母，玩不了浪子回头的游戏。"

柯靳安一字一顿地说："我们是最适合的。"

我抬头，"你那个时候可不是这么说的。"

"所以，这事永远过不去，是吗？"

"柯靳安，林智慧可不是你玩了就能忘的大胸路人甲，"我直盯着他的眼睛，"在我这儿就是过不去，我不喜欢不公平。"

他突然笑了，"那你至今还养着初恋不要的狗又是怎么回事？"

他对上我错愕的表情，说："是啊，我认识他。在他们一家移民前，我经常去他家玩，自然认得这狗。"

"何况，你还不给它改名，"他背过身去，撑在五斗柜上，"April，你明明不是喜欢阿拉斯加那种狗的吗？为什么还养着它？你说啊。"

我没有说话。

柯靳安冷不及防地握住我的双臂，"你以为我不知道吗？April，我在乎，其实我在乎。我想过，我为什么爱智慧。除了她本身，还因为她完全爱我。"

我拂去了他握住我的双臂，搂上他的脖子。

"我送走番茄，你忘了林智慧。"我在他的耳边低语，"一切重新开始，既往不咎。"

他从我的嘴角吻到锁骨，"好。"

然后褪尽了我的衣衫。

再然后的事情，估计能够街坊邻居茶余饭后好一阵了。

结婚典礼上，本应该是回忆我俩青葱往事的 VCR 被我换成了一段控诉柯靳安劈腿的视频。而我，已经坐在驶往机场的出租车上。视频中我哭得梨花带雨，好一个痴情女子被负心汉种种算计，最终不堪忍受，一走了之。

柯靳安不知道，顾女士不知道，叶女士也不知道。

可我早知道，我就是故意的。邪恶的女二号要是不给自己加戏，又怎么翻得了身。我承认我爱过柯靳安，可最终还是没能超过爱自己。

北上的路途中，柯靳安的名字在手机屏幕上不停地闪烁，最后他发了一条信息："我以为那个时候你说重新开始是真心的。"

你要说我完全不感动肯定是撒了谎，但是感动又能算得了什么呢？

我回复道："柯靳安，我早就说过，我不是圣母，玩不了浪子回头的游戏。"

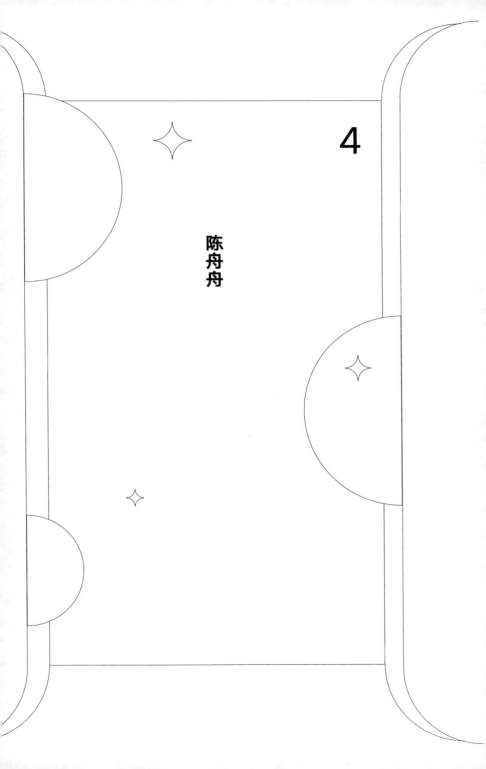

4

陈舟舟

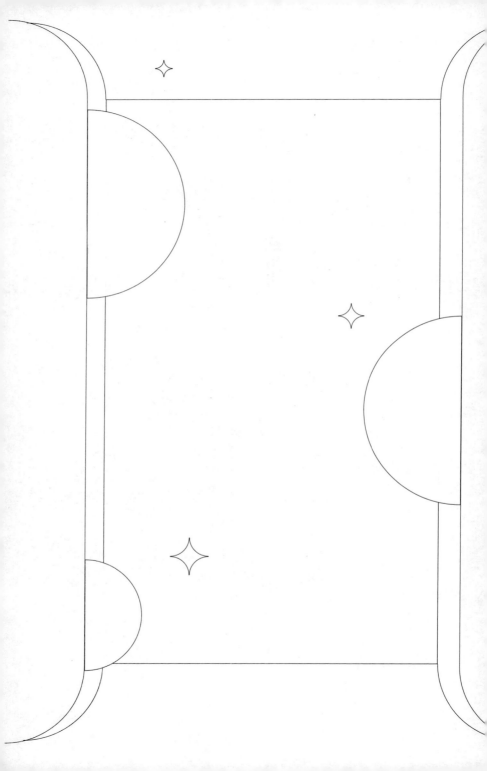

我其实也是有机会把自己嫁掉的。

　　我第一次见到陈舟舟，他正在发 Ecstasy①。他看着推门而入的老白与我，猛得停下了手上的动作，"老白，她是——"

　　老白伸手揽住我，"哥，我女朋友，张张。"

　　"带过来也不打个招呼。"

　　"哎，没事，"他蹲下身，熟练地卷好一支叶子烟递给我，"她什么没玩过呀。"

　　事实上走进这个房间之前，我连医用大麻都不曾碰过。可是我笑着接了过来，呼了我人生第一口草。

　　老白自然不是我的男朋友。他是我失联了许久的高中同学，来了英国后他乡遇老乡，立刻两眼泪汪汪，差点就如胶似漆了。从陈舟舟的公寓出来后，我拍着老白的背说道："行啊你，出

————————————

①一种兴奋剂。

来后果然什么都敢玩了，他是谁啊？"

老白喝得有些上头，许久才吐出一句话来："大学的哥们，都是跟他混，不然也怕事。"

他自然地牵起了我的手，"大家都寂寞。"

我就这样以老白女友的身份进入了这个圈子，但也仅限于身份了。每一次我们尝试着做进一步的亲密举动时，到最后总是尴尬地四目相对，为了打破沉默，还得故意地爽朗笑几声。我倒是追问过陈舟舟到底是什么来头，老白也不正面回应，只是说："总之很厉害，你还是不要知道的好。"

一点也没有把我当成女朋友。

我和老白说，我想文身。他倒也没把我当成心血来潮，隔天便带我去了。其实我根本就是心血来潮，但到了那里，也只能赶鸭子上架。赶巧了，陈舟舟也在店里。

老白见到他，立刻对我说："这是南安普顿最棒的文身店，哥介绍的，我也是在这里做的。"

陈舟舟正和那文身师谈笑风生，应该是余光看见了我们，起身走了过来。

"哥，我带张张过来做个文身。"老白率先打了招呼。

他打量了我一番，"别文了。"

我有些惊讶于他的多管闲事，"这个，我自己想文。"

"给个联系方式吧，现在有点事，回头我慢慢给你解释。"

我看了一眼老白，他在一边点了点头。

陈舟舟匆匆走了出去，又回头看我说："别偷偷文了。"

回头，他倒是真的和我聊上了，天南地北地侃大山。

几天后，他单刀直入地说："张张，我喜欢你。"

"别闹，我是老白的女朋友。"我以为他是玩笑话。

他又是一副吊儿郎当的样子，"男未娶，女未嫁，谁都有机会，是不是？"

"那我也不和混黑社会的谈恋爱。"

"谁说我是黑社会啦？"他急了，"我那是老大的智囊团，干的都是脑力劳动。"

过了许久，我也没有说话，人的感情很奇妙，我承认我也喜欢他。

我说："你是认真想和我在一起吗？"

他只说了一个字："想。"

我们是在他那辆改装车上车震了后，才确定关系的。那车改得那么招摇，又停在路边，我紧张得心都在嗓子眼上。

他身上有大片的文身，从腰部到肋骨到前胸，鲤鱼与莲花。

"你双标！"我委屈地看着他，"凭什么不让我文？"

"你要是年纪大了不喜欢了怎么办，洗掉很疼的。"

我斜眼看他，"你就编吧。"

陈舟舟环住我的腰，把我挪到他的腿上，"我不想让别人觉得你是可得的。"

我疑惑地看着他。

"大家对文身的女孩有偏见，"他直直地盯着我，"我只想就我知道你的风情。"

"切，那你还文。"

他大笑，"哈哈哈，我骚，谁不知道啊。"

假期，我们去了尼斯，在地中海边的旅店里，在夜深人静的礁石上，夜以继日地做爱。海浪打在咸湿的风中，他支起我的身体，"张张，你怎么能那么美，怎么能那么美。"

我撩起一边的长发，"咯咯"地笑，他一下子翻身将我压在身下，"要是有人和我抢你，该怎么办呢？"

我环住他的脖子，在他的耳边吹气。他抚过我的肩头，猛地低头啃咬我的乳房。我吃痛打他，他却反手扣住我，"你只能是我的。"

临回南安普顿的夜晚，我们在酒店的露台遇到了一个极为有趣的法国老头。瘦小的身板，明明是浑浊的眼球看着你，却活生生觉得透亮透亮的。

他说着口音极重的英文，谈到尽兴处手舞足蹈地挥动着肢体语言。末了，他眺望着远处错落的房屋，对我说："Girl, you're the most wonderful Asian women I've ever met. (姑娘，你是我见过最美妙的亚洲女孩。)"

站在一边的陈舟舟玩笑般地宣誓主权："Hey, I can speak English.（喂，我是能说英文的。）"

"So what?（那又怎么样？）"他转头看着我，笑意盈盈地说："You deserve better.（你值得更好的。）"

陈舟舟立即紧紧地搂过我，"Too late.（晚了！）"

现在想来，我当时一心想着嫁给陈舟舟，所以临近毕业时，天天在他耳边磨着他回国。

我设想过太多未来，我以为我的将来会一直有他。

只要能拉着他回国。

我扣紧他的腰，"别干这些了好吗？我们一起回国吧。"

他一遍又一遍地吻着我的额头，没有说话。

陈舟舟最终还是回到了北京，过上了朝九晚五的上班族日子。他说："我想做个正常人。"

而我终是没能拗过母亲的安排，回到了上海。她对我和陈舟舟的感情只有一个要求："一起来上海"。可是怎么可能呢？他是独子，并且有一个更为强势的家庭。

我们无数次地争吵，又无数次地和好。密友总是打趣我，"你们分不了手的，就准备这样相爱相杀一辈子吧。"我笑道："难说。"

他曾试着调到上海来工作，半年后因种种原因，还是回京了。我得了空便赴京找他，可成人间的异地恋远比学生时代艰辛。我知道他还是偶尔会做以前的行当，他不避讳我，我也选择缄默。妈妈说："他是在消耗你的青春。"

我在相亲市场上很快就有了1、2、3号备胎，于是那晚我在北京崩溃了。我朝着陈舟舟哭喊："跟我回上海好不好？我们结婚好不好？我快顶不住了，我真的，真的，受不了了。"我说的是实话，这一年来，我几乎精疲力竭。

他直接将我摁倒在床上，进入了我的身体。我一下子就哭了，他低头吻我的眼角，他的眼眶竟然也是湿的。

可他最后给我的答案是："我可以答应你任何事，我只求你留在北京。"

我觉得我的爱情已经完了。我冷眼看着他退出我的身体，再也没有说话。

次日，我去了警察局，告发陈舟舟贩毒和聚众吸毒。我把每一个有印象的地点都说了出来，我觉得警察甚至想让我做尿检。

　　一周后，陈舟舟给我打了个电话："以后不要这么做了。"

　　我反问他："你为什么不让我进去？"

　　他沉默了半晌，"舍不得。"

　　很久以前我曾经问过他会不会出事吗？他说："总有一天会，但压得过去。"我又问，不怕有人举报吗？他轻描淡写地说："谁举报，谁进去呗。"

　　看来他没有说谎。

　　搁下电话后，我直接蹲在马路上，整个世界都静止了，没有了触觉。

　　直到路灯亮了，我才意识到自己到底做了什么。我做过很多错事，但这是我唯一后悔的事。我终于开始哭，止不住地哭，可惜已经没有用了。

　　生活最终还是回到了按部就班的轨道上，上海隔绝了他的一切消息。此后的两年内，我见过不少男人，其实不乏有过交往的，但似乎都只是人生的匆匆过客，而每天上班打卡的日子则是日复一日。我同母亲说我要去北京。她说："你以为你很厉害吗？你离开了我们，什么都不是。"

　　我说我一定要去，除非我死了。我惊讶于自己的坚持，竟是当初自以为那段刻骨铭心的爱情都不能相比较的。

　　再后来，我便在北京遇上了陈舟舟。

　　他很客气地请我吃饭，然后也很自然地上床了，结束的时候，两个人都大汗淋漓。

我问他："你是不是很久没做了？"

他盯着天花板说："自从上次你走了。"

我"咯咯"地笑，"你骗人。"

"一直没遇到合适的人。"他仍是没有看我，"早些年，也玩够了。"

我没有想到，再见到他已经是半年后了。

近些天在北京的工作刚有些起色，周末终于有了点闲暇，便跑去找 Hasan 学调酒。Hasan 是我和陈舟舟在北京的一朋友自己开一小酒吧，顺便卖点简餐。

当时天色已经黑了，我坐在室外等 Hasan 忙完店里的事情，眼一瞥竟看到陈舟舟走了过来。我正要打声招呼抱怨他许久未联系我，便看见他身边牵着一个女孩，约摸二十岁的光景。

他也见着我了，大方地说："啊，你也在这儿啊。"说话间，领着女孩坐在了我的对面。

我痴痴地盯着那个姑娘，她的皮肤在黑夜里清透得泛柔光。我忍不住开口："你好漂亮。"

她惊了惊，眼睛亮闪闪地对着我笑，"哪里的话，姐姐才是真的漂亮，刚刚人群中我一眼看到的就是你。"

"我简直没有办法从你的身上移开目光。"我不知道自己为什么要这么说，但我是真心的。

我继续说："姑娘，你是怎么被他忽悠的？"

她侧过头掩嘴笑，挺直的鼻梁和顺畅的下巴弧度，真是好看的侧脸。

"别跟他了，未来你前途无量。"

她娇俏地看了一眼陈舟舟，"现在后悔还来得及吗？"随即做出要和他划清界限的手势。

陈舟舟顺势握住她的手，伸腿占领她的区域，"晚了晚了。"

我一下子就想起了我们在尼斯的那个夜晚，他紧紧地搂着我说："too late."

恍神间，陈舟舟已经开始向小女友眉飞色舞地介绍他的朋友了，"他们都是搞艺术的，不过一点都看不出来，我比他们看起来还像一点呢，我们进去吧。"

那姑娘起身时还朝我抱歉地看了一眼，而他牵起她的手就径直向店内走去了。

他的眼里已经没有我了。

我终于意识到，他再也不是我的了。

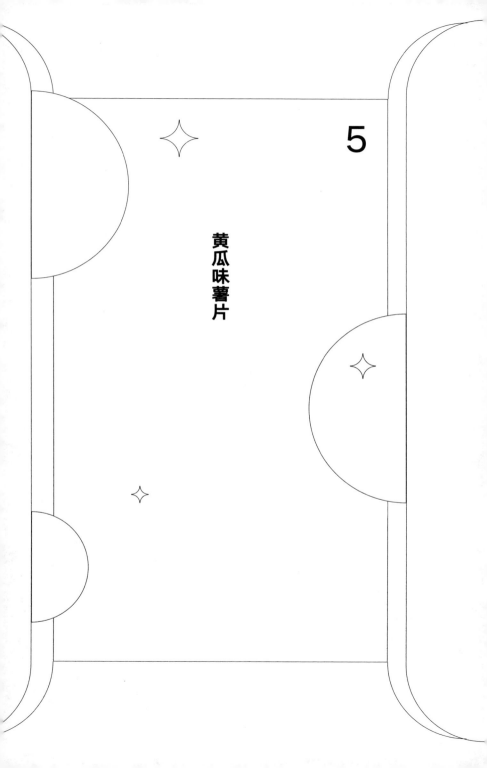

5

黄瓜味薯片

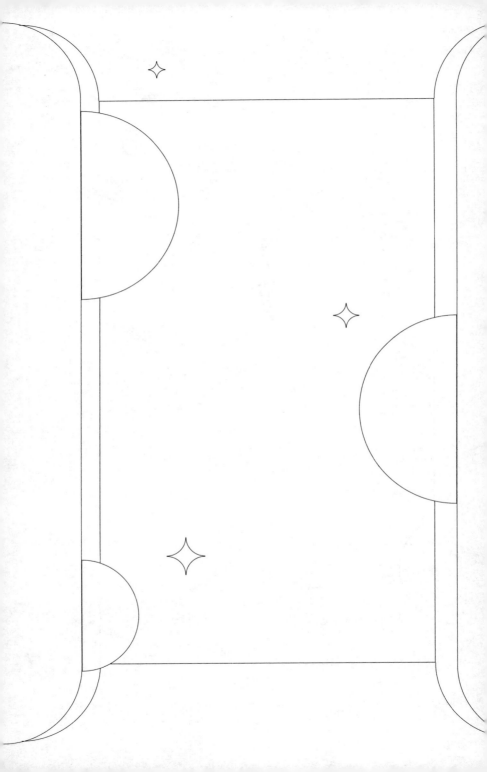

蔡纸屑是我真正意义上的初恋。

纵使我现在给他起了个"纸屑"这样的名字，但我知道即使叫"果皮"也没法掩盖他那时的光芒。

我跟他的开始其实是个女屌丝逆袭高富帅的故事。简单的朋友上位，他失恋，我安慰。他抽了根烟，也许脑子里过了过我的好，也许根本就是随口说了句："张张，我们在一起吧。"

用的是陈述句。

也对，备胎哪有选择的权利。

所以我不是在讲励志故事。

可那时候的我一点也不觉得委屈。颜好已是难得，身材更胜一筹，在人群中亮得像是 100 瓦的白炽灯。从新加坡转学到我们高中，已经拿到港大的 offer。而我，瘦小、体弱，成绩虽然还算前列但也只是清华北大无望的程度。我们的组合难以置信到多年后的同学会，仍有不少人跑来悄悄问我："听说你以前跟蔡纸屑好过，真的假的？"

我们甚至还延伸成了异地恋。

大学伊始，他南下，我北上。

妈妈给了我远超大学生消费水平的生活费，但我的日子仍然过得紧巴巴。

我每个月都去深圳看他，为了省钱，几乎次次都是红眼航班。他倒是会替我定好便宜的小旅馆，有些时候也会说："张张，这个月花销有点大，没钱了。"我也只是笑笑，然后掏出我的卡。

他来过一次北京。指明睡这儿，点明吃哪儿。我很想不斤斤计较，但他的确连打车都没有打开过钱包。

他给前女友打电话，发现停机了，给她充了1000话费。给我的生日礼物则是几包加起来不足百元的饼干。

一个男人愿意给你花钱，真的不代表他爱你。但一个爱你的男人一定不忍心榨干你的钱包。只可惜，那个时候我一心想做个高尚的、所谓的独立而独特的"女朋友"。

他从未带我见过他的大学朋友，总是推脱入港过于麻烦。我又是笑，从来不跟他争。

那时候我弟弟已经在美国念中学了，不出意外，我大学毕业后应该也会去美国。但是因为蔡纸屑毕业后要去澳洲接手他爸爸的生意，我硬是和妈妈软磨硬泡改学了雅思。

我们算是一起到过不少地方。最不幸的那次，他被窃了手机，我被盗了钱包。我下意识地说："纸屑，拿我的手机用吧，我回北京再买。"他说："好啊。"

最终，他倒是没有拿走我的手机。我重新取了钱，怕他不够用，登机前一股脑儿全塞给了他。而当我降落在凌晨的南苑，才发现自己身无分文，没有出租车，只有黑车。

那是我生平第一次坐黑车，不敢和任何人说话，手机屏幕上已然打出了110。现如今，已经变成了一个敢在深夜的北京城一次次跟黑车司机讲价的蛮横姑娘。

我知道他觉得我不好看，我其实心里明白。那个时候还没从严肃学霸的状态走出来，狭隘到看到个姑娘烫染头发就以为不学好。

再后来，我们就分手了，那时我的短发已经留长，光凭外表就能谈恋爱。我去了英国读研，最终还是没去成澳洲。

两年前，高中班长组织了一次同学会，这些年，一半以上的同学都出了国，大家都深知此次聚会的不易，一个个都是一副再次相见不知猴年马月的样子。蔡纸屑也来了，他还是像当初那般耀眼，不管是单身还是有主的女同学都有意无意地向他敬酒，而我也不是当初那个默默站在他身后的小女孩，班上那素来以毒舌刻薄著称的老 gay 肖姑姑靠在我肩头，搂着我的腰，用他扑闪的大眼睛看着我，"张张姐姐，你是在哪做的整形啊？这么成功，我也要做。"

这时候不知道是谁吼了一嗓子："哎，你们还记不记得以前的班对都有谁啊？"一槽人顿时炸开了锅，七嘴八舌地揪人，众口中自然是有我和蔡纸屑的名字。我们这行人被推到了中央，起哄着要我们接吻。蔡纸屑看着有些姑娘面露难色，率先说："不太好吧，不少有家室了。"

我抢着他的话说："是啊，我男朋友会不高兴的。"那时候我正在和陈舟舟拉锯战，精疲力竭得连暧昧的心情都没有。

起哄的人群立刻嚷嚷着没劲，他看着我说："要不，就拥抱一下吧。"

别的几对听到他这么说，也就顺水推舟互相敷衍地拥抱了一下。

散场时，显然有不少人还没尽兴，蔡纸屑叫了几个代驾，对着我们几个高中玩得比较好的同学说："要不去我家继续吧，这样大家累了可以睡，而且新房交房不久，也需要人气旺旺。"

说着便跑到路边的便利店，回来时提着好几袋零食，我瞄了一眼，竟有满满的一袋黄瓜味薯片。我在路边愣了愣，又看了眼塑料袋，便移开了目光。黄瓜味是我最喜欢的薯片口味，念大学的时候，蔡纸屑曾不止一次地说："你为什么会喜欢那么奇葩的味道。"

等一行人到了他家，蔡纸屑在路上订的外卖也到了，我往餐桌上一看，竟然有两碟醋拌裙带菜，那也是我酷爱但他却无法接受的食物。我忍不住看了他一眼，竟对上了他的目光，那些年，我到底也在他的时间里活过。

然后大家吵吵闹闹欢腾到了凌晨。我从洗手间出来时，蔡纸屑竟靠在门口的墙上。其实那天我喝了不少酒，所以我开口便问："怎么回来了？我以为你们家定居了。"

"本来是有这个打算，"他仰头喝了口酒，"近些年，生意都不好做，爸爸在谈俄罗斯的市场，准备回国不走了。"

他半开玩笑地说："张张，你说我们还有可能吗？"

我撩了撩头发，"你说呢？我快要结婚了。"

"过去是我太浑了。"

我没有说话，其实我早就释怀了。当初是我仰望他，自然爱得辛苦又卑微。

我朝他笑笑，"今后还是朋友。"便侧身从他身边走过了。

我现在仍是喜欢吃黄瓜味的薯片，仍是每次吃日料都要点醋拌裙带菜，只是陪伴我的再也不会是蔡纸屑或者陈舟舟了。

同学会结束后，闺密在我耳边说："可惜了，你看你们今天站在一起，就是一对璧人。"

可我觉得这段感情最棒的就是结局，因为我已经成为更值得自己尊重的人。

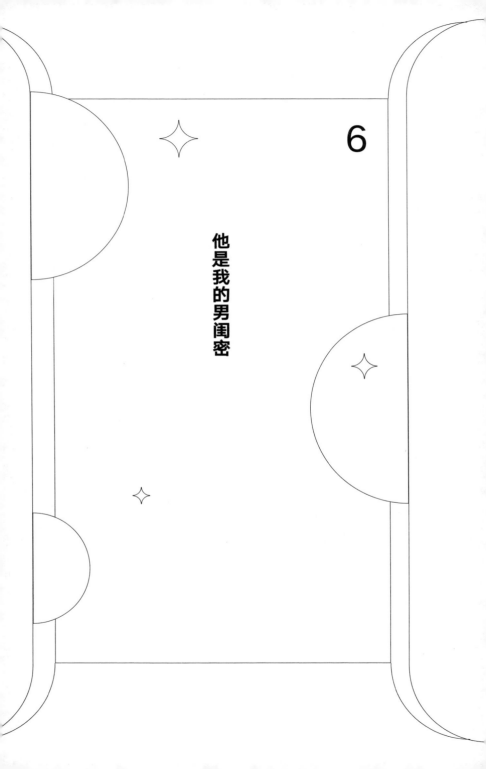

6

他是我的男闺密

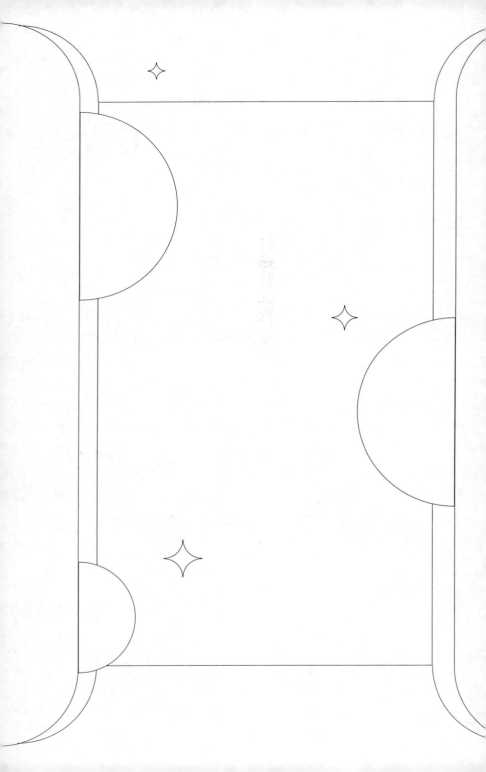

我相信每个少女都曾经有过圣母病发时期，而我癌变的证明一定是和李小白上了床。

　　李小白是我玩了十几年的男闺密，从来不会玩到床上去的那种，连个小嘴都没有亲过。他就这样毫无征兆地降落在首都，落地后倒给我打了个电话："葛芸，老子他妈失恋了，你得来陪我。"于是我吭哧吭哧地翘班跑过去，跟老板请假说："大姨妈来了，我痛经。"

　　从前我便有在人群中一眼望见李小白的超能力，如今虽是许久未见，功力竟也不减当年。他扯过我就抱，被压得喘不过气的我猛锤他的后背，"死贱人，终于被女人甩了吧。"

　　李小白当年和于嘉在一起也算是浪子回头的美满大结局，我掰开他树袋熊一样的胳膊，"你别吓我呀，真掰了？"

　　"骗你不是人。"

　　回去的路上，李小白倒是给我声情并茂地描述了这一段惊心动魄的分手大戏。我转头对他呵呵笑，"所以起因难道不是因为你先出轨？！你给我嚎什么嚎！"

"可是我爱她，"李小白突然换上一张严肃认真的脸，"我们在一起四年，我从来没有想过陪我到老的人不是她。"

我突然觉得听渣男表深情，真是世界上最令人作呕的事情。

然后他安静下来，在副驾驶玩了一路的手机。快到酒店的时候，他在一旁轻轻地说："葛芸，你能留下来吗？"

我转头看他，李小白整个人都陷在阳光的阴影里，只有黑漆漆的眼珠闪着光。他再次说道："我真的很需要你。"

我没有说话，直接将车子驶入了地库。

李小白说："今天早上，我还是习惯性地往身边一摸，每每摸空才意识到她确实不在了。"

我没有理他，起身去浴缸放水。

"哎，你有没有在听我说？"他企图关掉水阀，"其实我们分开也不算短了，可是不知道为什么，今天我竟然没控制住，哭了。"

我瞪了他好几眼，将阀门开到了最大。然后当着他的面，脱光了衣服，躺进了水里。

他对着我目瞪口呆，"葛芸，你不要企图引诱我。"

我冷冷地看了他一眼，一憋气，沉到了水面之下。

我浮出水面的时候，被李小白吓了一跳，他就这样低头看着我，双眼直愣愣地俯视着我。他说："宝贝，我突然觉得你其实挺好看的。"

我有些不知所措。然后他竟然一把捞出了湿淋淋的我，伸手用浴巾裹住了我。他的手揽过我的腰，攀过我的肩，捧起了我的脸，"宝贝，宝贝啊。"

他的手掌很热，他的身体很烫，他随即吻了我，他的口腔很温暖。

我和他做爱了。头发湿乎乎的，在洁白的床单上留下了一道道的水痕，他的动作迅猛而激烈，我已经分不清是他身上的汗水还是我身上的水珠。

他突然大喊："宝贝，叫我虾条，叫虾条，快。"

我愣住了，似乎是猛然清醒了过来，立刻推开了他。李小白有些懵，疑惑地望着我，我看着他，眼泪一下子没控制住。他于是慌了，连忙过来抱我，"宝贝，宝贝啊，你别哭啊，你哭了我心疼。"

我强行挣脱了他，"谁是你宝贝。"

"虾条"是于嘉对李小白最私密的称呼，他以为我不知道，其实我什么都知道。别问我怎么知道的，关于他的一切我都知道。我蹲在窗台回头看，他仍是一副茫然无辜的样子。我的眼泪一滴滴地打湿了地毯，他怎么会不知道我爱他，只是他未曾爱过我罢了。

我强行止住了哭，一件件地往回穿衣服，"小白，走吧，去吃东西吧。"

他拍了拍我的肩，"你没事吧？"

"哎，没事，"我冲着他笑，"我只是突然觉得我们这不是在瞎胡闹嘛。"

李小白一下子放松下来，"亲爱的葛小芸，你要是觉得不舒服，咱们就当这事没发生过，怎么样？"

"滚，你活那么差，现在还想来封我的口了？！"

当晚，我陪他喝了一宿的酒，听他絮絮叨叨地讲这段日子的糟心事。李小白还是那么混蛋，我心里一清二楚，可我有多喜欢他，我心里更明白。

第二天，我早早地就醒了，趴在他身边，玩他的脸庞。我第一次那么希望，时间可以永恒。他嘟囔着翻了个身，一把将我搂在臂弯里，还不忘用蓬乱的头发蹭我的颈窝，"葛芸葛芸，我还能睡多久？"

我猛踢了他一脚屁股，"起床啦，你要死不回去了！"

他使劲地将头钻进枕头里，"啊，我不要起床，我留在北京陪你好不好？"

"谁要你啊，还不赶快滚回去。"

李小白最后到底也是起了床。送他去机场的路上，我一再告诉自己，即使他不和于嘉在一起了，他的心里也没有你；即使他的心里有那么一点你，他也是个不折不扣的人渣。葛芸，你忍了那么多年，不是为了求这样一个结局。

可轮到他过安检的时候，那个瞬间，他只消得朝我回头招了招手，我的理智就崩塌了。我冲上前去，拖住他的臂膀，"李小白，你不要走好不好？"

他看了看四周，牵着我走出了队伍，"葛芸，我要回去工作。"

我知道自己在做什么，可我就是控制不住。

"小白，"我死死地抱住他，"求求你不要走。"

他放下行李，回抱住了我，"听话，葛芸，我有时间就来看你。"

我的鼻子一酸，"小白，我跟你走吧，那让我跟你走吧。"

他挣脱了我的胳膊，他说："葛芸乖，我真的要走了，广播在催促登机了。"

于是他走了，这次他没有回头。

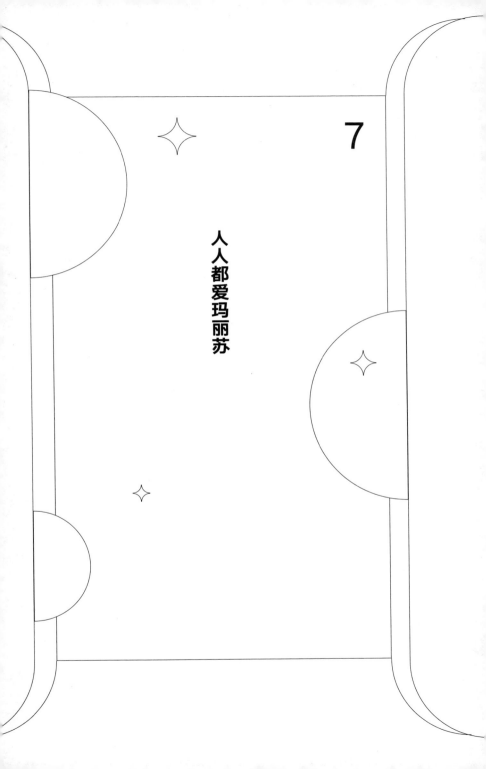

7

人人都爱玛丽苏

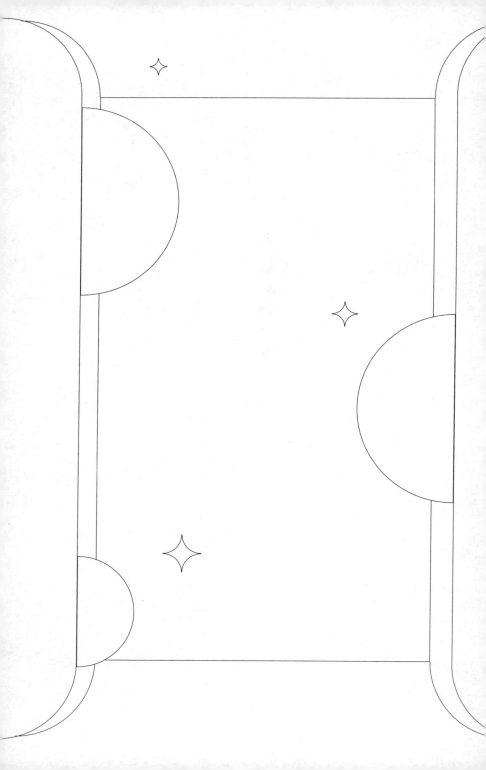

我还记得给刘一白发送的验证信息，我写着："Hi，小白，我是晓晓。"

　　我也记得他回复我的第一句话："你有两个号？"

　　我静坐着没动，直到感受到卢晓生直勾勾的目光我才缓缓地转过了身，可是她的眼底什么都没有。

　　我的整个青春期都在喜欢卢晓生，她知道。可她只是眨巴着双眼，对我说："可是我喜欢男孩啊。"然后我们还是一起上学、一起自习、一起洗澡、一起早恋。早恋的自然是她，我只是从"他到底喜欢不喜欢我"参与到了"我当初真是瞎了眼"。

　　清明节她突然说要赴京找我，我兴奋得不得了，手忙脚乱地给衣食住行安排了计划 ABCD。见到她后，我一再道歉："晓晓，这急匆匆的，也没怎么准备。"她笑嘻嘻地将墨镜一摘，给了我一个大大的拥抱，"典典，跟你在一起的每一个节日，都是情人节。"

明知道她爱开玩笑，我还是背过身取她的行李，脸上是抑制不住的笑意。

后来我才知道，卢晓生是为见刘一白来的，他是她聊了一周的网友。她的每时每刻都为刘一白准备着，话经常说着说着没有了声响，我侧头看她，果然是屏幕亮了。而这刘一白似乎只在夜间出没，惹得卢晓生整夜整夜的不睡觉，我的计划甲乙丙丁自然是被抛弃在了荒郊野岭。我觉得恨，可我怎么能恨卢晓生呢，所以我恨刘一白。

于是我偷看了她的手机。

"张典典，"卢晓生开口了，"我和他约好明晚见面。"

"晓晓，我只是不放心，他毕竟只是……"

"行了，"她打断了我，钻进了被窝，"我知道了。"

我所要证明的无非是男人都是见异思迁猴急好色的主，但我只有一天一夜的时间，所以我竭尽全力地勾引刘一白。我说你会喜欢我的，他反问为什么，我说因为我漂亮。他似乎觉得我脑残又自恋，无可奈何地说你可真肤浅，我得找你朋友好好聊聊人生哲理才能补回智商。

我说我就是晓晓口中那个琴棋书画寻欢作乐样样精通的拉拉，他说好吧，我信你。于是我们天南地北地海聊，他的经历丰富到让我第一次觉得从前的 1000 本书没白看。

傍晚的时候，卢晓生并没有出门。我扭头看她，她一字一顿地说："他说他更想见你，张典典你满意了吗？"

我想我成功地证明这是个见异思迁的主，接下来应该是兴奋地带着卢晓生夜游北京城。可这气氛却不像是要统一战线讨伐渣男，更像是一触即发的闺密撕逼。

"我把他删了，"卢晓生朝我晃手机，"留着总是想，不如断了念想。"

我不知道该说些什么，良久，掏出了手机，"晓晓，我立刻删了他。"

"何必呢，"她伸手制止了我，"我找好了酒店，剩下的几天就住在那儿了。"

我看着她对我略有厌恶的神情，挽留的话终究是没有说。

我知道我错了，可还是选择去恨刘一白。

我替他设想了渣男惨遭少女玩弄的剧本，于是我和他见面了。刘一白的座驾是一辆估摸着十几年的手动挡本田，全身是正襟危坐的西服西裤加领带。他说一下班就来见我，果真是格子间小白领的扮相。

他见到我时，明显是愣了几秒。上车后，更是时不时得撇头看我。

我早就对他人第一次见我的神情习以为常。天下哪有那么多不自知的美人，有的只是歪瓜裂枣酸得不得了的自以为是。

他问我想去哪，我说去一个你觉得安静的地方吧。

他二话不说，开往了顺义。一个小时后，我问他到哪儿了，他说他不知道。我说："所以我们迷路了是吗？"

他看着我点点头。

我说："你的导航是摆设吗？"

他似乎大梦初醒，"对哦，还有导航。"

后来，我才知道他本想带我去他在那边的房子，只是间隔有点久，他甚至忘记了楼盘的名字。

我告诉他宿舍晚上有门禁，可他说喝两杯吧，结果我竟然鬼使神差地干了一扎生啤。

他送我到宿舍楼下时，我转身勾住他的脖子冲他笑。刘一白一下子搂住我的腰，我仰头对上他的眼，"这时候，你是不是要吻我了？"

他怔了怔，眼看着他正要低头，我松开了手，"明天见，刘叔叔。"

说完，"蹬蹬噔"地跑上了楼。我知道自己面色潮红时总是性感得内敛又荡漾，所以千方百计地撩拨他。

第二天，刘一白开了辆法拉利，纯色的圆领 T 配了双黑色的老北京布鞋，他侧头点烟，朝我招手，一切都那么浑然天成。我一下子觉得昨晚的别扭都解释清了，原来这个才是刘一白。

我转头问他："您这是放弃测试姑娘到底是喜欢您的钱还是喜欢您的人了？"

他猛地一踩油门，"我只要你喜欢我。"

我们去了他朋友的餐厅，我在那凉风习习的后院愣是等着他从厨房端出一份意面。

我没好气地拿着叉勺卷起了意面，"您这又在试探什么呀？我吃面不嚼断。"

"我只会做意面，哈哈哈，"他爽朗地笑，"而我想做给你吃。"

第三天，他终于向我肆无忌惮地索吻，他无赖地仰起脸，"你欠我的。"

我说你闭眼，然后第一次吻了一个男生。

第四天，他说张典典怎么办，我好像吻你上了瘾，晚上来找你好不好？我说今晚凯贤要返沪，我得去送她。他说好啊，那你说我是不是你下一个男朋友？

我简直能看到他那张吊儿郎当的脸。

我说，你不觉得愧疚吗？

他说，在这段感情中，自始至终都只有我跟你。

过安检前卢晓生停下脚步问我："你没删他的号是不是？"

我木讷地点点头。

她突然转身抱住我，"典典，典典，你是不是已经不喜欢我了？"

我拍着她的背，想亲吻她的额头。她却使劲地撇过去，将脸埋在我的肩头，我的肩膀潮潮的。我猛地打了个激灵，在这段感情中，自始至终都有三个人。

我走出大厅时，看到刘一白站在角落里抽烟。他似乎也看见了我，随手灭了烟，伸手搂住我往前走。

我挣脱了他，"你来做什么？"

他停下了脚步，"张典典，你特么是圣母吗？"

我的火气一下子就上来了，"刘一白，我人生的前二十年都在喜欢卢晓生，是我变心了，你懂吗？"

他竟也不生气，用臂弯勾住我的脖子，"乖，不是你不长情，是我有魅力。"他继续说，"我喜欢你，你喜欢我，这就够了。"

"你滚。"

"走，去顺义，这次我会开导航。"

你说你不会再喜欢上别的人了是不是假，放荡不羁的英俊浪子回头只爱你一人的桥段又有几个人能够抵挡。我吐槽过太多玛丽苏，可一旦轮到自己，竟然觉得自己值。

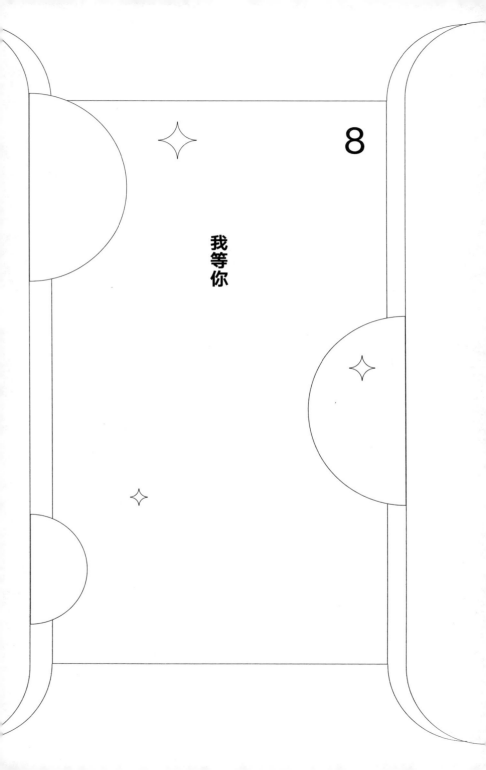

8

我等你

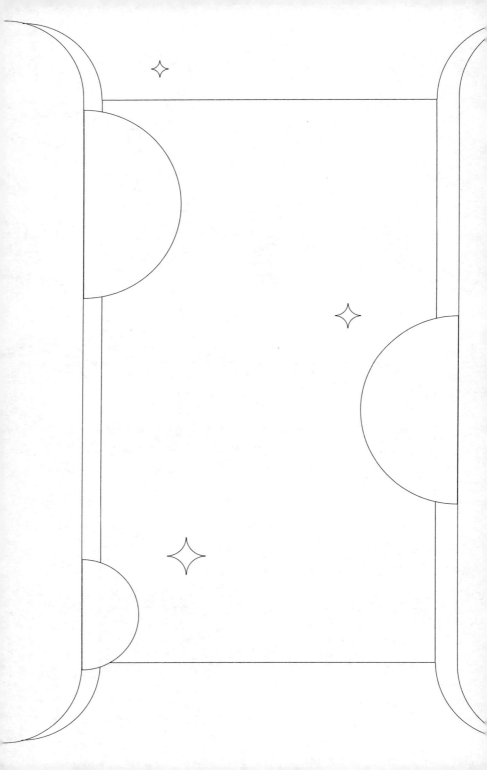

我认识李红旗那年，念大三。他一个二十八岁的老男人，有辆车，没房，一个人漂在北京，私生活还挺混乱。

他跟我在一起前，就是个浪比。其实，在一起后，也仅仅是有所收敛。

问题是，他根本算不上有钱，仅凭着还不错的皮相和巧舌如簧的嘴，少女们前仆后继。所以，火热的直播和脑残的少女，永远无法分离。

他说："张世界，你能原谅我的过去吗？"

我心里暗骂道，到底是有多污才能用上原谅这两个字。嘴上却说："哦，过去是你的私事，我无权过问。"

于是，他还真把自己的日子过得像私事。其实挺好，一旦习惯，彼此都轻松。

这样的开头，似乎像是怨妇回忆渣男的故事。

我已经很少想起他了。

前几日搬家，整理出一沓信笺。信笺上是李红旗还算工整的小楷。

然后我就开始想他，想他，一直想他。

他的小楷是跟我学的。那天我坐在阳台练字，他抱着靠垫打盹。

"张世界，你教我写字。"

我没抬头理他，"就你那成天神龙现首不现尾的踪迹，怎么教？"

他佯装恭敬地奉上一盏茶，"师傅，请受徒儿一拜。"

认识他之前，我的日子过得挺好。上课、吃饭、睡觉。空闲来健身、做脸、逛街，还能练字、弹琴、画画。

他非要说："张世界，你的日子过得像一潭死水。"

我说："我们的价值观取向有问题，你这是低级趣味。"

李红旗从来不反驳我，却是强势地将我拖入他的生活。

"张世界，其实我们是一类人，别否认。"

于是，我所有的放荡不羁都与他重叠。他见过我所有的狼狈不堪和笑靥如花，感受过我所有的热情似火与冷若冰霜。

张世界还能是这样一个女人，她从前不知道。

我们在一起还不到一个月的时候，他抱着我说："宝贝，我们把证领了吧。"

"好啊，星期一民政局门口等我。"

李红旗严肃地望着我，"张世界，我是认真的。"

我撇过他的头，"哦，我不是认真的。"

我们在一起一年的时候，他仍然抱着我说："老婆，我们能不能先结婚。"

我选择无视这个话题，开始东拉西扯。

李红旗坚持不懈，"你一定要去美国吗？"

"嗯，我一定要读研。"

其实李红旗从来都没有对我说过"我爱你"。他偶尔会说"老婆，今天有点想你"，也会说"我会一直保护你"，却从来没有一句"我爱你"。

我问他，当初为什么喜欢我。他倒是想了想，"因为你是我那半年以来见过最漂亮的女生。"

只是有一晚，他喝得微醺，迷迷糊糊间似乎在说："遇见对的人，真好。"

我从一开始就知道，我跟他是没有未来的。

我不可能跟他结婚，有太多坎过不去以至于根本不想去抗争。

那年寒假，家里面给我给我介绍了一个对象。

有钱，很有钱。

其实他外型不错，风趣幽默，谈吐涵养皆为上层。可惜因为金钱的木板太长，以至于其余的都成了短板。

所以，在我这种市侩小民心中，对他的第一印象永远是有钱。

我说："我要去美国念书。"

他说："没关系，我们家在美国有个小公司，可以照顾你。"

我说："我暂时不考虑结婚。"

他说："我知道，我三十岁之前也不考虑结婚，一切都可以等你读完研再考虑。"

我的第一次给了李红旗。

那么疼，那么疼。

他进入我的身体时，我疼得尖叫。

他吻着我的脸颊，"宝贝，忍一忍。"

他再次尝试时，我疼得流眼泪。

他握着我的手，"算了吧，宝贝，我心疼。"

我的腿缠上他的腰，"李红旗，我只想给你。"

李红旗最后一次挽留我，我已经订好了去美国的机票。

"张世界，能不能别走？"他拿着房产证，"我已经在北京买房了，我们结婚好不好？"

我摇头，那是我唯一一次对他说"我爱你"。

但我还是要去念书。

我走的那天，他没来送我，然后便是长久的失联。

突然想到，我们从未说过分手。

两年后，我回来了。但再也不关他的事了。

再后来，听说他已经结婚了，孩子也有了。

我忽然意识到，他试过千万种方法来挽留我，却从来没有说过，

我等你。

9

爱情应有千万种结局

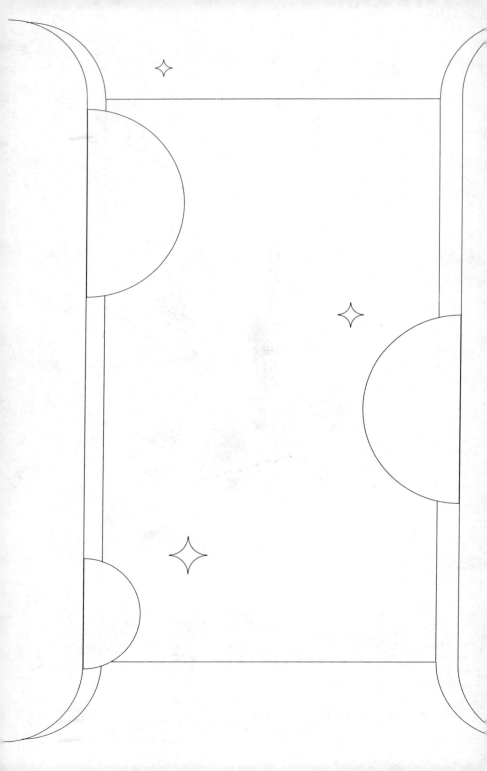

宋初蒙是我回国后第一个在没有生理反应下还想睡的女人。一板一眼地骗我是中戏的，等我到了中戏给她打电话却说："哦，你来北大吧。"

　　我当时是真生气啊，我是气自己，被一小丫头片子骗了，还一股脑儿跟她说的都是实话。她穿了条黑色的修身牛仔裤，搭了同色的机车靴，看不清上身穿了什么，一张大围巾从肩部遮到脖颈。我只记得那腿又直又长，让人根本生不起气来。她本是在路灯下抱手站着，一见到我就笑，"嘿，你还真来啊。"

　　她一笑我就懵了，怎么说呢，满目星光，贼好看。我这些年见过的莺莺燕燕也不算少，可从来没见过这么一张让我想不出该怎么泡她的脸。我知道我早就看过她的照片也不应表现如此，可她却在那种浑然天成的生人莫近感下对我笑了，我觉得我当时就沦陷了。

　　她说她品酒不多，喜欢简单的 Gin Tonic，要是用香鸢尾根和橙皮来帮助释放 Gin 的香气，平衡度就太好了。换作从前，我只会当作是姑娘的装逼左耳进右耳出。可我连夜跑去敲

Michael 的门，我说你得教我调出最牛逼的 Gin Tonic。Michael 说管时你是不是疯了，平时这些装逼事谁有你拿手？我说，这次真不一样，我只想跟你学最好的。

Michael 从酒柜拿出底酒问我："是哪个姑娘惹得我们管少春心荡漾？"

我坐在他家的简易吧台上把玩高脚杯，"你还记得上回聚会时一直跟我发信息的豆瓣小姑娘吗？"

Michael 猛得拍我后背，"操，你还真上那泡妞啊。"

我心想，豆瓣真他妈是个好东西。

然后我一得了空就去学校找她，一见着她就想玩手动模式降个档，故意轰鸣出发动机补油的声音。我从前觉得这行径又欠又低级，可我现在恨不得让全世界都知道宋初蒙是老子在泡的妞，你们都滚一边去。

我十二岁抽烟，愣是因为她在车里忍着不去碰；我平时说话开口你丫的闭口操你妈，愣是因为她在身边开始讲文明懂礼貌；我向来约女孩都只有一句话，"我到了，你出来吧"，愣是因为她学会了提前一周约还看书做功课。

后来，我的本性就暴露了。我不暴露不行啊，我伪装的那个小情小调翩翩公子她根本就不屑我，我能怎么办呢？我只能赤膊上阵。

我问她介意我抽烟吗？她说您请便。我当着她的面卷叶子，她伸手取过点着就呼，"是 OG 吗？"我心想，这妞以前混过。于是，我开始跟她讲童年的破事，既不纸醉金迷也不暴力血腥，最重口的也不过是和我弟打架，飞光了家里所有的盘子。

我跟她说我十六岁的时候还没碰过女人，那时候北京还有天上人间。爸爸的司机问我："小时，碰过女人没？"我摇头，他说那走吧，然后我他妈被小姐破了处。

她哈哈地笑，我就知道她会笑，所以我才讲。

我们见的第四面我就睡到她了，不如说她睡到了我。宋初蒙说你再不跟我上床，我们就不要见面了。我心想，操，我怎么能输给一个小姑娘呢。于是我立刻接她去了酒店，三两下脱光了她的衣服。我只能说宋初蒙脱光的时候比穿着衣服的时候好看一万倍，纤长的脖颈下是瘦削的锁骨，乳房挺立又饱满，腰肢盈盈一握，老子当即就吻遍了她的全身，那果然是少女的皮肤，弹性又紧实。

我进入她的身体时只觉得真费劲，然后听到她"哇"的一声哭了，心疼得我只想让她使劲地咬我陪她一起疼。我说，你丫的初次上手能不能矜持点。她说，你既然经验丰富那能不能主动点？我说你他妈是不是拿我练手用？她突然害羞地躲进我的颈窝里，"人家觉得疼。"

我觉得她真是个磨人的小妖精。

年初的时候比我小五岁的弟弟结婚了。我问过管裕怎么这么早就结婚了，他说："哥，我他妈现在就想找一个人对她好。"

以前我云里雾里，现在我醍醐灌顶。他玩得比我野，自然醒得比我早。

我下班跑去找宋初蒙吃晚饭，她扫了眼马路上有关天津眼的传单，"来北京这么久，还没去过天津呢。"

我说，那现在去吧。

她说她想散步，我带她去了爷爷留下的四合院，我忍不住在抄手游廊要了她，她的长发贴在锁骨上，整个人都汗津津的，可是我还是紧紧地把她抱在腿上。我抚过她的纤腰说："你把体液留在了我们老宅，从此就是我们管家的媳妇了。"她伸手替我扣扣子，"明明都在安全套上。"

她说她想蹦极，我带她去了挪威；她说她想去潜水，我带她去了斐济；她说她想玩高空跳伞，我带她去了新西兰，我对着来接机的管裕说："来，叫嫂子。"我生怕她再也整不出什么么蛾子，让我没法显示我爱她。

我带她去见我玩了三十年的发小，逼着那厮说。"别看我和管时平时一副吊儿郎当的样，其实我们对待感情都是认真又长情。"我在一边满意地点点头，她却"扑哧扑哧"笑出了声，"可是我不长情啊。"

我想我自然分得清什么是欲擒故纵，什么是云淡风轻，宋初蒙她是真的不屑我，我他妈就是知道。

那天我陪客户喝得昏天暗地，两眼一睁看到宋初蒙发的信息说她想我。我二话没说，打了辆出租车直接去见她，踉踉跄跄地走到她宿舍楼下，见到她的第一眼就吐在了路边的小花坛。她心疼地直捶我，"你这是喝了多少，还过来干什么？"

我靠在她的前胸，"你丫的说你想我，我他妈的就得来。"

我带她见所有的朋友，我恨不得向全世界宣布："我管时他妈的恋爱了。"

一轮轮酒下来，大家都喝得昏昏欲睡。李奇勾着我的背说，

"嘿，那她要去英国念书你还整异国恋啊？"大宋哈哈哈地笑，"那不然还让他也去英国？就管时那破英文，你跟他说三句英文就得炸。"

我一口干了杯中的酒，"老子他妈就待在荷兰，每周从荷兰游过去，你信吗？"

我大学是在荷兰念的。高中毕业后我爸说，你出去念吧，但又怕我以为在当地有人罩着就乱闯祸。转了一圈英美德法，就属荷兰没亲戚，行吧，那就去荷兰。

那个时候我是真的爱她。那种掏心掏肺想给她一切的感觉真的好极了。

宋初蒙本科毕业的那个夏天，管裕破天荒给我打了个长途说他准备背着媳妇回国待一阵，他说："哥，我又他妈觉得没意思了。"

可那时候我只想方设法地对宋初蒙掏心掏肺，没看出这暗中早就写下的结局。我说："滚一边玩去，别碍着我谈恋爱。"

后来，她就去了伦敦，我对着在那定居的姐们千叮万嘱要照顾好她。

我自然是没有每周去游海峡，但一得了空便去伦敦寻她。

Michael跟我说他新在南边开了家店，最近正好人在有空过去聚聚，于是我带着宋初蒙去了布莱顿。Michael与她已然成了老相识，见面互相拥抱又贴面，只是酒过半巡后的Michael似乎忘记了我的存在，当场替她调了杯Gin Tonic说："这是我研究了半年的配方，其实我一直都挺喜欢你。"

我当即拉着宋初蒙连夜回了伦敦。回去的路上，她突然扣紧了我的手，缓缓地趴在我的膝头，她说："管时，我想一辈子和你在一起。"

我跟我爸说我想娶她。他也不恼，淡淡地说："我只认周蓓做媳妇。"

周蓓是我官方的前任。我说，他妈的是周蓓一心想留在英国啊，你让我这种只会讲 How are you 的人怎么活？

我对宋初蒙说，要不我入赘你家算了。她就只是笑，后来死缠烂打才知道她爸爸自始至终都在反对我们恋爱，她爸爸叫我，那个老男人。

你叫我怎么说呢，我他妈第一次被嫌弃了，我 × 你妈。我说，不行，宋初蒙我得见你爸。她说省省吧，你先搞定你爸爸再说也不迟。于是我们直到分手，也没见着双方家长。

是的，我们最后还是分手了。我跟她说周蓓回来了，我必须跟她结婚，所以我们分手吧。她倒是不哭不闹，冷静得我都有点发慌。她说："管时，我就知道结局会是这样。你说那时候我们互相玩玩做炮友可多好，你非要让我走心走肺你可真混蛋。"

那是我最后一次细细地打量宋初蒙，她还是像当初一样地美丽，甚至更动人了。我不知道是因为她变得像从前那些姑娘一样对我患得患失，还是因为我已经耗尽了热情，我已然对她丧失了怦然心动的心情。还是说每一个自私自利的人都是潜在的圣人，宋初蒙更像是打开那个魔盒的契机，我已经完成了无私奉献的使命。

后来，我想明白了，我这样无聊的人本来就应该有无尽的目标。

　　有些时候我想，要是那个时候我们之中有谁死了，倒也不是一件十分坏的事。这样，我要不有了一个永远的挚爱，要不就成了我理想中的圣人。
　　可惜，我只能是一个无聊的人。

10

余小姐的五年之约

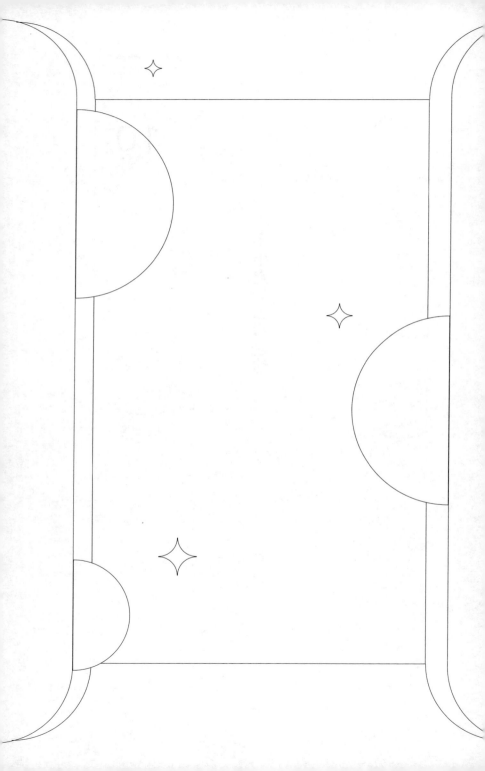

"明天我来接你吧，也省得你开车。"收到叶方知的信息时，余小姐正在收拾出差的行李。

　　她只回复了一个"好"，便将手机搁在了一边。

　　叶方知是余小姐的上司，公司的高级副总裁，已婚，有个两岁的孩子。余小姐则是公司晋升最快的职员，也是最年轻的女主管。然而，余小姐的晋升与睡叶方知之间并没有什么关系。

　　三年半之前，余小姐一踏上祖国的土地，叶方知是她第一个拨打的电话。她在电话里软软地说着情话，说除了妈妈的拿手菜，最想念的就是他的身体。

　　可叶方知明显有些猝不及防，支支吾吾不知道该回些什么，没讲两句话就说："等下我打给你。"

　　于是等下，余小姐便得知他已经结婚了。

　　他俩的故事本该从那里就已经结束了。可一年后她阴差阳错地跳槽到了叶方知的公司，而她于叶方知本来就有着无法抵御的诱惑。

与客户的洽谈结束后，叶方知与余小姐并肩在外滩散步，两人都没有说话。那是一种极其惬意的安静，只要有彼此在身边就好。

待天色完全暗了，叶方知转头对余小姐说："戚戚，这些年，我终还是亏欠你。"

余小姐笑了，"小三都要死。"

她的眼珠一转，眼眸里还保留着少女的狡黠。

"戚戚，"叶方知没料到她会这么回答，"你……"

余小姐一下子扎进他的胸膛，"没什么，我只是在和自己较劲。"

叶方知也笑，岁月竟没有完全洗去她倔强的率真，还是活脱脱刚相识的模样。

在最初的最初，叶方知是余小姐的网友。都市男女无聊的网上勾搭、聊天、见面、上床。

那时候她刚大学毕业半年，换了好几份实习，靠着父母的救济，过着别人看来还算光鲜的日子。叶方知则是个已被父母切断财政供养，刚能自给自足的小白领。

其实余小姐是叶方知近三十年来第一次 one night，可带着少女气质的余小姐漂亮得不像话，笑起来眼神里带着水氲，撩拨得叶方知大脑出神。而余小姐，她觉得自己还那么年轻，没有什么是玩不起的。

第二天中饭后，本应是照例的分道扬镳，余小姐却一蹦一跳地牵起叶方知的手，"我挺喜欢你的。"

叶方知顿时笑了，"那你亲我一下。"

说话间，紧握了余小姐的手。

两人就这样成了长期固定的关系。叶方知带着余小姐融入自己的朋友圈，余小姐也不避讳向身边的人介绍叶方知。可两人似乎心照不宣，对彼此的感情都严格地划好了线，可以无限地靠近，却永远不能越过。

叶方知总是说，他看人独有一套，接触不用超过三次就能知道是什么人。

余小姐不信，仰着头问他："那我呢，你倒是说说我是个什么样的人？"

"little girl（小姑娘），"叶方知脱口而出，末了又加了句，"lovely little girl.（可爱的小姑娘。）"

余小姐"咯咯"地笑，扭头看窗外。

她其实知道自己要什么，富足而奢侈的下半生，成为金字塔顶端的人。她知道自己的小康家庭能给予的太有限，也知道自己的美貌和聪慧能换来什么。她不是不相信自己的能力，只是自己的能力与想要的东西还有无法接近的差距。可是另一个理想主义的余小姐却总是时不时地冒出头，灌些人必须遵循自己内心的鸡汤，让她防不胜防。

余小姐觉得自己爱上叶方知了，明明男未婚，女未嫁，却仍让人深深觉得无妄的爱。那是个什么都给不了自己的男人，何况他对自己也只有能上床的喜欢。

有时，叶方知也会说起自己的各路相亲对象。余小姐一边听着，一边将充满难过与怒气的气球死死地压在海底。她把感情伪装得太好，以至于叶方知根本无法察觉她的不满。

余小姐有时候会选择避开话题，更多时候则是故作爽快地说："那你去见见呗，说不定有一见钟情的呢？"

叶方知答非所问："我已经到了而立之年了，需要做出点什么了。"

不知为什么，余小姐瞬间觉得有些压不住怒气，"所以，你要靠女人是吗？"

叶方知很平静，"我需要靠资源。"

后来，余小姐知道叶方知的父亲是个不大不小的官，手里握着称不上豪门，却也算是富商之女的一票媳妇名单。

与叶方知相处不到一年的时候，余小姐决定去留学。

她从小就喜爱文学，而且她清楚地认识到，与叶方知继续交往的绝望会成为压死她的最后一根稻草。

她告诉叶方知时，他竟然什么都没有表态。只是笑笑说："挺好的，挑好学校专业，我替你参考一下吧。"

半年后，余小姐便出了国。

回到公司，前台叫住了余小姐，"余经理，有您的包裹。"

她伸手接过那束花，卡片上是叶方知漂亮的斜体，"Honey, Happy Birthday.（亲爱的，生日快乐。）"

路过的同事调侃道："一直说没男朋友，追求者倒是不少啊。"

余小姐低头抿嘴，踏着高跟鞋上了楼。

晚饭是叶方知在她的公寓做的，简简单单的四菜一汤。这些年来，也只有在这样的日子，他才会动手下厨。当他拿着那个丝绒小盒递给她时，余小姐的心瞬间忐忑了一下，只是一打开看到一对祖母绿的耳坠便也恢复了平静。

吃饭间，余小姐的母亲打来一个电话，"囡囡，过了这个生日，就要二十八了。"

叶方知往她的碗里夹菜，余小姐说："我知道。"

"不是妈妈急，可是你怎么还不找男朋友？"

"快了，快了。"余小姐数了数心里那个日子，真的是快了。

电话那头的母亲似乎也无计可施，"又是这句话，唉。"说着挂了电话。

"你妈妈说什么呢？"叶方知问。

"老三样呗，老人家还能说什么。"说着，余小姐拿着碗筷进了厨房。

但她还是忍不住地回头说了句："方知，你做的每一个承诺都是当真的吗？"

叶方知起身搂紧了她，"我很少给承诺。"

刚开完电话会议，叶方知便得知余小姐参与的项目出现了不小的问题。

他叫住了做完汇报的助理，"小李，你去一趟广州吧，就是张总和余经理在跟的那个案子。"

助理正要应承，他又转口道："我也去，你去准备一下。"

叶方知赶到酒店时已经过了零点了。刷卡进房时，竟看到余小姐从另一个高级副总裁的房间走了出来。

叶方知的怒气一下子就上来了，他抓着余小姐的手，沉下声问："你这是在做什么？"

余小姐停下脚步，"工作啊。"

"你这像是在工作？"叶方知不自觉地说出了狠话，"所以你靠睡我还不够是吗？"

余小姐愣住了，半晌才回道："你自己摸摸良心，我自打进公司来，有没有因为你的关系而受到特殊照顾？"

叶方知没有说话。

余小姐冷笑，"但是我不靠你，不意味着我不靠别人。"

离开时，她转头说："叶方知，我是自由的。"

他突然意识到，自己才是依赖的那一方。

低落时，陪伴他的总是余小姐的浅笑低吟；喜悦时，看到她的笑脸才会觉得更加心安。

叶方知匆匆地闯进余小姐的房间，"戚戚，你要什么我都能给你。"

余小姐极少能见到如此激动的叶方知，她背过身，"我要的始终没有得到。"

听到这句话，叶方知一下子冷静下来，他打开阳台的门，点起了烟。

"戚戚，说白了，我能走到这一步，很大原因是我老丈人，而且辛辛还小……"

"叶方知，我自始至终都没有逼过你。"

他立刻转身，"我知道我知道，但我已经不能忍受你和别的男人在一起了。戚戚，你只能是我的。"

余小姐一下子笑出了声，"所以，你在打真爱这张牌是吗？叶方知，你以前明明说过，等你功成名就就娶我。"

叶方知愣住了。

"当初你说的玩笑话，我可一直在当真，"余小姐也点上了烟，"而且，五年快到了。"

"戚戚，其实从一开始你就是最让我动心的女孩。"

"那当初你为什么不娶我呢？"余小姐不知道自己为什么要说出这么可怜的话语，她背过身不让他看见自己已经变红的眼眶。

叶方知吐了个烟圈，"当初，你不就想嫁个有钱人吗？"

"你？"余小姐错愕地看着他。

"我不是早就说过吗？我看人独有一套。"

余小姐突然就冷笑了，"你是不是觉得自己很聪明？是不是觉得看透了我，让我一个人在那边装纯情？"

"戚戚，我……"

"可惜你还是不够聪明，"余小姐瘫软在沙发上，"如果是你，我可以不嫁有钱人。"

这次出差回来，余小姐递了辞呈。她在那个五年之约的最后一天给叶方知发了最后一条信息。

"今天是五年整，我要回家找土豪嫁人了。你的期限已经到了头，我也给不了下一个五年了。"

按了发送键后，余小姐毅然地删掉了叶方知所有的联系方式。

她无法控制地想起五年前那个午后，太阳大得直晃眼。叶方知驾车送她回家，一路上讨论着余小姐的专业申请。

"你有没有想过，你会没法毕业？"

余小姐无畏地反驳："那我很努力地学，特别刻苦。"

叶方知还是企图扭转她，"你真的确定要学英国文学吗？"

"嗯。"

"好歹考虑一下就业吧。"

"我念书不是为了就业，"理想主义者上身的余小姐一脸认真，"大不了，找工作继续用本科文凭。"

她顿了顿，似乎是冷静了下来。

"实在不行，"余小姐把弄着她的发丝欲言又止，"实在不行……"

"嗯？"叶方知转过头看她。

余小姐目视着前方，"实在不行，就只能做米虫了。"

"米虫？"

"找个土豪嫁了。"余小姐的回答不带一丝感情色彩，仿佛说的不是自己。

叶方知下意识地接道："我觉得你不是这样的人。"

"以后难说啊，"余小姐看了看反光镜中的自己，"几年后说不定想法就变了。"

"也是，等你碰过头后，也许就变了。"

叶方知又像是玩笑般地补了一句："我要是成了土豪，你嫁我吧。"

余小姐笑了，"你愿意娶我啊？"

叶方知伸手刮了刮余小姐的脸，"愿意啊，我为什么不愿意。"

余小姐直直地盯着腿上肩包的闪光亮片，"我以为你会和肤白貌美、腰缠万贯的姑娘相亲结婚。"

"扯呢，谁理她们。"

余小姐乐了，"那我们说好了，等你成了土豪可要娶我。"

"五年吧，给我五年。"

明明当初是这样说好的呢。

11

有个婚，想跟你结一下

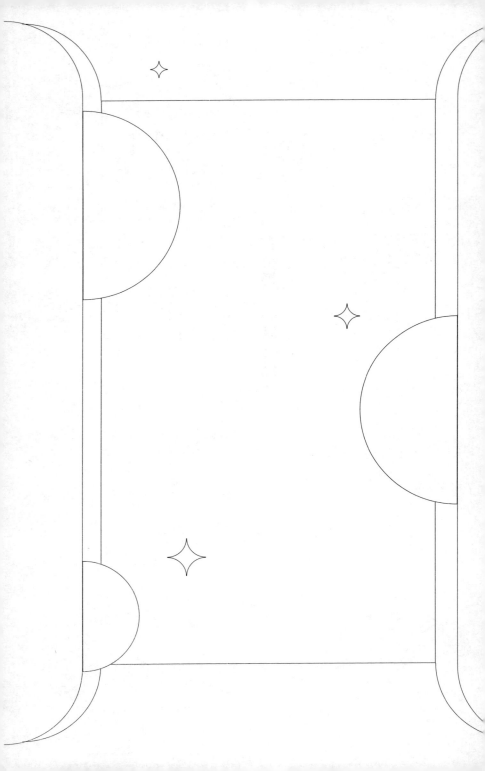

"魏南，我警告你，我最后一次警告你，"于小姐怒气冲冲地走进办公室，甩下包，"要是再有客户跟我投诉你骗感情炮，我就上诉你破坏公司形象，姐跟你没完！"

"凯莉姐，这事能全赖我吗？"魏南连忙起身，给于小姐让出一道"血路"，"你不是让我在工作上走点心，给客户最棒的服务吗？这都是工作遗留问题啊！"

于小姐坐下喝了口水，"有不少姑娘已经向道德监督审查委员会投诉我们公司靠欺骗伤害他人感情为营利点。一旦上了审查委员会的黑名单意味着什么，你是知道的。"

道德监督审查委员会是这个光怪陆离社会下的衍生物，整个委员会常务委员由全国最负盛名的慈善企业家组成，它触向每一个法律无法碰到的角落。简而言之，它占有断定企业是否符合道德标准的制高点，一切上了该委员会制作的年度道德缺失黑名单的企业，就再也看不到他们在社会上活跃的影子了。

于小姐承担不了那样的风险。

魏南立刻哭诉道："姐，我怎么觉得我才是受害者啊？你看自从我接手那个'高富帅'套餐，每周都有余款已了结的客户还要约我出门，是我被骗了炮啊！你不信我找她们对质，哪一个不是主动宽衣解带的？"

"行了行了，魏南，工作场所，注意用词。"

魏南是于小姐婚礼体验公司的员工。于小姐的公司为一切有"婚礼情结"的姑娘提供体验套餐，同时为了更好的客户体验，他们更是提供一切可以步入婚礼的三周爱情培养期。而魏南，由于帅气高大的外形和舌灿莲花的口舌功力，不容置喙地成为了公司的头牌，承接了一切玛丽苏言情剧的订单。可明明是一开始就定下的白纸黑字买卖，总有不少人在最后都当了真。

傍晚，于小姐早早地便下楼赴李默的约。李默是她成立公司以来第一个男性顾客，所以当助理汇报有男性顾客咨询业务时，她觉得自己得亲自与他洽谈。

没想到李默已经坐在那里了，见于小姐走近，连忙起身问道："请问是于凯莉于总吗？"

于小姐不禁在心里"咯噔"了一下，以面前男人的外形气质，她实在是想不出能够让他来公司咨询服务的理由。

于小姐放下大衣，开门见山地问道："请问先生在我助理向您介绍的基本服务之外，还有什么别的要求吗？"

"哈哈，于小姐还真是爽快人啊，"李默没有答话，"我倒是有些好奇你们公司的定制服务套餐。"

"李先生，我们公司之前从未接待过男性客户。"

他自顾自笑了，"能想象。"

于小姐喝了口茶，"当然了，若是先生有什么特殊要求，我们会尽最大可能来为您定制方案。"

李默又笑，"就按最基本的套餐走吧。"

"好的，我会尽快为您安排接洽人员并联系您的。"

"哦，等等，"李默有些不好意思地抬起了头，"我能找你吗？"

"我？"于小姐觉得自己受到了惊吓，"我？"

李默有些不知所措，"所以，您是不提供服务的吗？"

"等下！快换个修辞！这句话显得我们公司好污，"话一说出口，于小姐又连忙改口换上职业的微笑，"啊，刚刚我有点激动，请您不要放在心上。我，自然也是可以工作的，但是我收费高啊，您要不再考虑一下？"

说完，又咧出了一个似笑非笑的微笑。

李默连忙移开对视的眼睛才控制住自己的笑点，"嗯，就你吧。"

"好吧，那你交了费以后就可以随时传唤我了，当然如果我心情好我们也是可以假戏真做一下的，但是霸王硬上弓还是算强奸的，大家都是文明人相互体谅一下，"于小姐起身拾起手袋，"另外，如果你购买'24小时传唤叠加包'，本公司是会要求员工随叫随到的，但是由于我是老板所以我可以无视扣不扣钱，所以我应该是不会随叫随到的，这点我希望你有心理准备。"

"又贵又难用，"李默点点头，"我明白了。"

"嗯，很好，那就再见了。"

于小姐立即起身离开了座位，推开咖啡馆大门时，给助理打了个电话，"这个李默绝对有问题，盯紧点吧。"

"听闻最近某人桃花很旺嘛，"吴小曼一边戳着躺在身边的于小姐，一边调笑道，"连阿忆都和我抱怨你在她生日趴上，一直心不在焉抱着手机，人家的生日趴耶，小姐！"

于小姐一个挺身，坐了起来，"工作啦，你又不是不知道我忙。"

"那上次逛街撞到的那个男的又是谁？"吴小曼不依不饶起来，"老实说长得不算多帅，但确实很精神啦，没什么羞于承认的。"

"跟你说是工作了，人家是雇我跟他结婚呢。"于小姐不耐烦起来。

"什么？"吴小曼大声打断了她，"真有男客户啊？"

"昂，"于小姐白了她一眼，"首位客人，自然是要亲自招待，总结经验的。"

吴小曼笑嘻嘻地凑近了她，"哎，那明晚大家说好要在我们家聚餐，也把他带过来嘛。"

"什么什么啊，要不要这么假戏真做？"于小姐一脸嫌弃，"随便过家家就行了，难道还要冲击奥斯卡吗？"

吴小曼贴得她更近了，"凯莉，你不觉得会很好玩吗？！而且他要是有良好的客户体验，岂不是能为你打开市场？上市之日指日可待啊！"

于小姐一脸"呵呵"。

可吴小曼继续死缠烂打，"叫他过来嘛，这样你还能算工作时间。"

"哦，"于小姐恍然大悟般看着她，"也是哦，那我也算是完成了一次合同强行约会，行吧，我给他打电话。"

李默敲门而入的时候，于小姐正在厨房忙活，形容她疏于厨艺是有些美化的说法了，于小姐的厨艺更像是刚出生的婴儿，还闭着眼向这个世界啼哭。她也不知道自己为何今天要鬼使神差地走进厨房，她确实也不愿承认其实心底希望李默能吃上自己做的饭菜。但与其说是希望李默能吃上，不如说离上一次有男人能吃到她亲自下厨的饭菜，已经过去太久太久了。于小姐像是有一团一直收着的气，突然间破了一个口，她需要一个喘息。

"是李默来了呀？"吴小曼连忙起身相迎，"来来来，坐，凯莉在厨房呢，一会就好。"

于是，当于小姐穿着围裙端着她好不容易成形的西红柿鸡蛋走出厨房时，李默正和她的女闺密满说说笑笑，好一番热闹。

于小姐什么话也没说，强行将一双筷子塞进李默手中，"尝尝看。"

他强忍着笑才挑出一块看起来不会食物中毒的鸡蛋，没想到下咽后竟是一连串的夸赞，"嗯！好好吃！真的不错啊！"

于小姐不禁喜笑颜开，立即抢过筷子尝了一口。当然，事实证明还是那个非常符合她水平的口味，她立即拿了纸巾吐了出来，"李默，你又不是乙方，你可以说难吃。"

李默哈哈哈地笑，"我这是平心而论，怎么能违心呢？"

阿忆连忙在一旁添油加醋，"天哪，能忍受凯莉厨艺的都是真爱啊！"

于小姐作势要将整盘西红柿鸡蛋拍在阿忆脸上，吓得她麻溜地跑到了沙发上。李默在一旁笑眯眯地接过盘子，"凯莉，过来吃吧，就等你了。"

"哎，于凯莉，你什么时候才肯把魏南借我用几天？"吴小曼不等于小姐坐下便凑近问道，眼神热烈又急切，像极了饿汉盯着刚出炉的肉。

于小姐一个白眼瞪了回去，"明码标价啊，自己上线去挑套餐。看在我们朋友一场的份上，我给你 9.5 折。"

"你个葛朗台！"吴小曼气急败坏地寻求李默的支持，"你说你说，我一周要给她做几顿饭？连个男人借我用几天都不行吗？"

"这么说，凯莉好像是没什么道理啊，"李默拖长了声调，"那不如换我给她做饭吧？"

"啧啧啧，"小曼像是停不下来一般来回指着这两人，"你们俩到底谁是乙方哦。"

于小姐赶忙拍掉她的手，"我们是真爱不行吗？还不赶快吃你的饭。"

于小姐一直将李默送到了车库，"实在不好意思，厨艺不佳，闺密嘴碎，招待不周了。"

李默就只是笑，一边系好了安全带，他说，"我明天还能见到你吗？"

于小姐探头试探道："见不到，嗯，会扣钱吗？"

"哈哈哈，"李默倒是侧头想了想，"嗯，应该会吧，主要是今天菜难吃，算生理损失费。"

见于小姐瞪大了眼睛，他又补充道："明天公司见，走了。"

说着，合上了窗户，一会儿于小姐的手机亮起了一条信息：

"厨艺那么特别，哪里舍得扣钱。"

"凯莉姐，"助理敲门进了房间，"前台李默李先生找您，说跟您有预约。"

于小姐将魏南的电话放在了一旁，"跟他说我今天太忙了，让他不要等了，晚上跟他联系。"

见助理转身出门，她又喊住了她，"等等，我跟你一块出去吧。"

"凯莉，晚上一起去个 live house 吧，是朋友的乐队，很久之前听过他们排练，还是很不错的。"见于小姐出来，李默起身说道。

于小姐抱歉地笑笑，"Sorry，我今天能不能请一天假，一个顾客钦点了'虽然我妈不同意，但我放弃亿万家产继承权也要和你结婚'套餐，所以我现在要去演那个恶毒的妈了。"

面对李默石化的表情，她摊了摊手，"见谅见谅，小公司，人手不够。"

说着，还踮起脚对着他咬耳朵，"主要是，他们都没我演得好。"

李默哈哈哈地笑，"我能说有点好奇结局吗？"

"结局自然是我这个亲妈被他们伟大的爱情感动，最后亲临简陋婚礼现场，然后告诉我儿子，'儿啊，回来吧，家里的一切都还是你的，我已经预订了布拉格的古堡，在场的各位都一起包机走吧。'接着与喜极而泣的新娘拥抱，皆大欢喜。"于小姐一边大步地走进电梯，一边快语连珠地向李默解释道。

李默连忙跟上她的步伐，不解地问："你们真的会预订城堡吗？"

于小姐翻了个没好气的白眼，"怎么可能，她给的钱还不够去一趟布拉格。"

抵达一楼时，于小姐向李默比了个电话联系的手势，便快步离去了。

于小姐和李默的最后一次约会是以规定动作收场的。

"那就下周婚礼见了？"于小姐擦了擦嘴唇，放好了餐巾。

李默招来侍者买单，克制了半晌，还是说道："你现在就要走了吗？"

于小姐歪头看了眼手机，"那你快挽留我，不然我以秒开始计费。"

"好，"李默竟认真地看了眼表，"现在是 19 点 58 分，你可以开始计费了。"

于小姐有些懵，"你，你不问问小时计费额吗？"

"不管多贵我都会买，"李默拉起她就走，"我可要抓紧时间，一不小心全部身家都压在你身上了。"

半小时后，当于小姐踏入体育场馆时，再次懵到了。"这，这，你是要带我看球赛吗？"

李默朝她眨了眨眼睛，"是一朋友的俱乐部，一直说要来捧场的，今天碰巧了，啊，你该不会很讨厌足球吧？"

于小姐小声地说："可是我只知道大概五支队伍吧，可能还不到。"

"哈哈，那你可能要失望了，"李默拉着她在前排坐下，"今天的球队大概是属于绝对没有听说过的类型，我朋友那支还是客场，估计得输。"

"切，"于小姐斜眼看他，"要是赢了呢？"

"赢了啊，赢了的话，嗯，"李默佯装思考了一会儿，"我带你去更衣室看肌肉裸男，一起去庆功宴怎么样？"

"哼，又不是小贝的肉体，谁要看。"

李默不禁笑出了声，"怎么你们这年代的女孩，踢过球也只认得小贝啊？"

"OMG，进球了！"说话间于小姐惊呼道，"哎哎哎，这队可不就是客场的那队嘛！"

李默就只看着她笑，然后在主场对裁判的咒骂声中扭过于小姐的身体。

"你要干吗？"于小姐有些不知所措。

"凯莉，"李默叫了一声她的名字，又默默地放下了手臂，"凯莉。"

于小姐又是一阵莫名其妙，再次白了一眼李默后，注意力又返回了球场。

比赛终是如李默所愿那样地让客场球队"赢得"了，李默早早地收到了朋友的"战果"口信，自然是早就知道。那小子在前几天见面的时候喝得烂醉，早就夸下海口："我特么这次花了那么多钱，怎么的也得让我们赢了吧。"

"天哪，竟然赢了？"于小姐转头面向他，目瞪口呆，"竟然，赢了？"

"快快快快快，"李默连忙拉过于小姐，"趁着主场球迷冲上来打裁判，我们赶紧跑路，快快快。"

于小姐觉得事态的发展已经远远超出她的预期，特别是当她发现自己身处一群亢奋足球运动员之中，并且已经不记得到底喝了多少酒。

"你朋友还真是懂得与民同乐啊！"于小姐朝李默大声喊道。

"你说什么？"这庆功场所的声音嘈杂得不仅是噪音能形容的。

于小姐指了指李默那混在人群中自 high 的朋友。

"哦，"李默也朝于小姐大声喊道，"他这个人就是特别喜欢踢球才买了个俱乐部的！"

说着，紧紧地贴着于小姐的耳朵说："虽然挺烂的，但玩玩也够了。"

那朋友似乎是看到了李默同于小姐又黏在了一起，对着手中的麦吼道："李默，我兄弟，大家都挺熟悉吧！今儿个他有件大事要宣布，大家都听他说！"

这么一吼，全场的人都盯着这二人看。于小姐死死地拽住他的胳膊，刚刚喝下去的酒似乎变成了力量的源泉，李默怎么挣脱都拽不开她。她在他耳边小声吼道："别以为我不知道你要干吗，你要真干那事我就跟你没完！"

李默却是一把抓过旁人丢来的麦，对着于小姐直接单膝跪下了，"于凯莉，嫁给我好不好？！"

不等她说出个字来，于小姐的脑袋一瞬间被众人的狂欢占领了，她只觉得晕，也许模模糊糊地说了个"好"字，也许是个"不好"，可她已经记不清了。她只知道当从李默口中听到那几个字时，竟也没原本想象的那样讨厌。

第二天，于小姐是在李默身边醒来的。规定动作当然是检查衣物是否完整，所以当于小姐发现自己是浑身赤裸地躺在被子底下的，整个脑子都是昏的。

　　"那个，"于小姐踢了踢李默，"我们昨晚睡了？"

　　被踢醒的李默下意识地掀起被子看自己，"啊？我们？睡了？"

　　于小姐似乎渐渐清醒起来，"李默，你自己摸着良心说，你昨天带我去看球是不是有目的的？"

　　"啊？"

　　于小姐的思路越来越清晰，"你是不是早就知道会赢会有庆功宴我们都会喝得醉死？"

　　"啊？"

　　"别装傻，"于小姐扯过被子直起身，"你要想睡我又何必那么大费周章，单身成年男女约一下我又不会告你强奸。"

　　李默这倒是从昏睡中回过了神，"凯莉，我承认我是有目的。"

　　于小姐一脸"OK，算你睡到我了你想怎样"的神情。

　　"我欠你个求婚，结婚总得有个求婚吧，"李默也直起身，"本来想在球场求的，但怕被主场球迷打死，想想还是算了。"

　　于小姐又回头看了他一眼。突然麻溜地起了身穿衣服，临走时只留下了一句话："周二教堂见，具体时间我叫助理联系你。"

　　周二走完流程后，于小姐在后台一把抓下头纱，"喏，这个戒指还你。合作愉快，欢迎下次光临，没什么特别的事我就先走了。"

李默却抓住了于小姐的胳膊，"戒指你留着。"

不等于小姐开口，他又说道："我们难道不是已经交换过誓言的合法夫妻吗？"

于小姐"咯咯咯"地笑，"是，为妻我受不起这份礼，还是请李先生多给我介绍生意吧。"

"于凯莉，我没开玩笑。"

见李默认真起来，于小姐也是一本正经地说道："哦，那可真可惜，我雇的都是假神父。"

李默插着裤袋，"哦，是吗？"

"你？"

"我换了神父。"

于小姐不知道自己现在应该是震惊还是震怒，"李默，你是不是有病？你是觉得这样很好玩吗？有本事我们去领证啊！"

"好啊。"

"你，"于小姐无可奈何地看着他，"你无赖你牛逼，不过我告诉你，我不信基督。"

"凯莉姐，道德审查委员会的审核报告下来了。"于小姐一进公司，助理和魏南都冲进了她的办公室，"报告中说我们确实存在欺骗伤害客户感情的问题，若不及时进行整改，将取缔我们的营业资格。"

二人看着于小姐一脸平静的表情有点吃惊，"你早就知道了？"

"李默是李汉声的小儿子。"

只消得那么一句话，两人一下子全都明白了。李汉声是国内最著名的慈善企业家之一，也是道德审查委员会的奠基人之一，早就听闻他有个一直未曾露面的儿子，没想到却在这种情境下相识了。

　　"凯莉姐，我联系了一下委员会里认识的一个主任，他说能帮我们撤销这份报告，"魏南凑近小声地说，"他要40万。"

　　于小姐摆摆手，"你们都出去吧。"说着，拨通了李默的电话。

　　"那份报告是你写的吗？"

　　电话那头的李默竟有点吃惊，"嗯？什么报告？"

　　"别装了，"于小姐抢白道，"我早知道是你了。"

　　李默没有再解释什么，"下班后见一面吧。"

　　他们仍是在于小姐公司底下的咖啡馆见的面，于小姐也仍是像一开始那样开门见山，"说吧，你要怎么样才能撤销这份报告。"

　　"嫁给我啊。"李默似是有口无心地回答道。

　　"随便你怎么整我吧，"于小姐撇过头去，"我也不准备再做这行了。"

　　李默一下子严肃起来，"凯莉，你这是？"

　　"我觉得我错了，"于小姐像是开了阀门一样，更像是突然间找到了宣泄口，"这么说也不对，其实我早就看到这个问题了，然而我却一直以为我没有错。"

　　"我离过婚。"

于小姐看了眼李默，他竟还只是保持一张倾听的面孔。见于小姐看他，开口道："我知道啊，背景调查嘛，其实我可了解你了。"

于小姐点点头，接着说："刚结不久就离了，我发现我不是因为爱他而和他结婚，我只是想要一场婚礼，似乎随便哪个有好感的人都可以。于是我创立了这个公司。我一直以来都在践行一个条例——'你只是需要一个婚礼，不需要一段爱情'，我对那些会假戏真做甚至爱上公司员工的客户一向是无法理解的，一个能把明明白白假话当真的人内心得有多虚弱？"

于小姐喝了一口水。

"所以，从你公寓醒来的那个早上我确实是逃走的，我意识到我喜欢上你了。尽管我无数次告诉自己，你是审查委员会来测评我的间谍——"

"哦，拜托，间谍？"李默朝她摊手，"这个词用得我不知道该如何反驳。"

于小姐也不理他，继续说："我知道这一切都是假的，也知道你会千方百计地撩我，但是我承认我确实喜欢你。当我意识到我和那些姑娘其实并没有什么分别，我觉得我好绝望。我一直以为我是在做一件符合人性又具有开创精神的事情，我以为我在替女孩用低成本完成婚礼情结，我终于承认我错了，我可能确实不爱我前夫，但并不意味着我不会爱上别的人。"

李默接过了话头，"不啊，还是有分别的。"

"至少我是真的喜欢你。凯莉啊，我没有递交任何报告，我给你的测评是合格。"

"你说什么？"

"你个性独立、风趣幽默又好看，我为什么不能喜欢你？"他换了个坐姿，"你公司的现状我知道，所谓的道德隐患我也知道，给你合格其实可以算徇私枉法吧。本想撩拨撩拨你，也算是我的一种恶趣味，可是你那么好，我真喜欢上你了，我也不觉得吃亏啊。"

"那我的审核报告？"

"不外乎是公司职员和委员会内部人员的勾结呗，哎，不说那个，一会儿就能查出来的事。于凯莉小姐，看在我为了你谋取私利的份上，能不能给我个不用写进合同里约你出去的机会？"说着，倾靠在桌上，整张脸都凑近了于小姐。

于小姐"扑哧"笑出了声："好啊。"

12

所以你会娶我吗

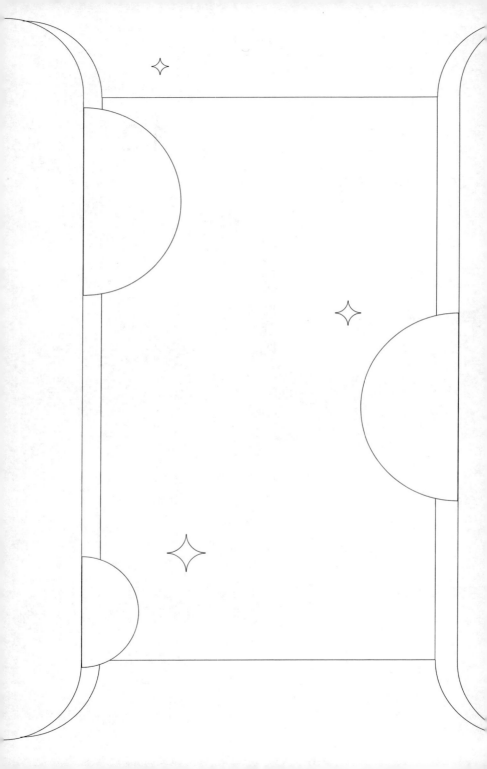

李衍

我二十岁那年，幻想过很多未来，唯一没有变的就是和宋海成生孩子。

我十四岁开始早恋，十八岁就跟着三十岁的男朋友在他的朋友圈谈笑风生。我一直以为自己在三十岁前能出版一册《斩男术》，可惜还是栽在了宋海成手里。

我确实也在二十一岁的时候生了个女孩。只不过连月子还没出，就被我妈撵去了美国，"你这个前世造孽的主，给我死出国去吧，就当这辈子没生养过你。"

一年后我随着二姨回国探亲，我的女儿已经能咿咿呀呀地开口说话，我听到她对着我妈喊"妈妈"，他们替她起了个名字叫岁晚，当着二胎上了户口。而我妈自始至终都没有和我说过一句话，直到回美国的前一天，她拉我进了书房，"李衍，在外面要听你二姨的话，好好念书。"

再后来，等我毕业回国，李岁晚已经能蹦蹦跳跳地跟在我身后喊姐姐，一颦一笑都像极了她的爸爸。

宋海成是我第十一个男朋友，也是我唯一想过要给他生孩子的男人。那时候我那么年轻，也那么有野心，我应该是爱惨了他才会那么一门心思死脑筋。我自然是对他有过旁敲侧击，可惜他应该自始至终都没有想过承诺给我未来。他总是推托说自己还没有事业，或者说没有养家的能力，那时候我信他，我觉得我能等。可是你怎么等得来一个说谎的人呢？

然而我还是怀孕了。虽说那段时间我想生孩子想得厉害，但也不至于会在安全套上扎针。我们做最好程度的安全措施，可凡事总是有意外。

那是我最后一次和他摊牌，我说："宋海成，你到底最后会不会和我结婚？"

他开始顾左右而言他。

"所以，你不愿意跟我结婚吗？"

"李衍，不是我不愿意，是现在不是谈这个问题的时候。"

我不是没看过别的姑娘逼婚的嘴脸，太难看。我都不清楚二十岁的自己为什么要上演那么一出戏码，可是我接着说台词："我怀孕了。"

他再次沉默了，良久，说了句："嗯，可是我现在没有能力养孩子。"

把话说到这个份上，连已经失心疯的我都知道再说下去，就是给自己难堪了，于是我换上了一副笑脸，"这么严肃干什么，开玩笑呢。"

他似乎是松了一口气，"哈哈，那晚上吃什么呢？快想想。"

但我最后还是回家生孩子去了。我妈先是震惊，然后是暴怒，一番逐出家门和拳打脚踢之后是声泪俱下。

"李衍，听话，把孩子打了吧。"

我执拗地跪在地上摇了摇头。

她背过身去，"你怎么就不明白呢？怎么就那么不懂事呢？！"她又转过身来也跪在了地上，"你本来可以成为一个很出色的人，你知道吗？"

"妈，"我抬起头，"我还是能成为一个很出色的人。"

她一下子笑了，是冷笑，"你以为你是谁，你以为你是谁啊！"

说着，开门就出去了。

接下来的事情简直顺理成章，她去学校替我办了休学，而我则删掉了宋海成所有的联系方式，自然地失了联，他也许只当我是逼婚不成，自己放弃了。

从决定生下李岁晚后，我一直就没有后悔过，随着年岁渐长，倒是越发对父母感到抱歉。如今李岁晚已经长到了十二岁，仍是一口一口地叫着我姐姐，眉眼间依稀就是宋海成。他于我而言，已经成了一个遥远的符号，一直都在一直都能被唤醒，却也一直在沉睡。其实离开他不久我已经看清了，他对我就是不够喜欢。看别人的时候明白得要死，轮到自己承认一下都难。

近来换了份工作，倒是空闲了起来。大把大把的时间除了督促李岁晚写功课，更是操心她是否早睡早起身体健康，活脱脱半个妈。母亲则一心想把我往家外面撺，饭桌上不是说你怎么还不找个男朋友，就是说什么时候跟 × 阿姨家的儿子见见。

我倒是很想说，你女儿的桃花运早就在二十岁之前用完了，连孩子都有了，可看着岁晚的小脸，硬生生地憋着，一声不吭地继续吃饭。

晚饭后，照例是替岁晚检查作业，可今晚，她却起身将房门关了。我疑惑地看向她，她迟疑了好久，还是怯生生地发问了，"我的爸爸是谁？"

我一下子怔住了，半晌后和她打哈哈，"哈哈，爸爸不是在客厅看电视呢，怎么了？"

她慌张地转过身，佯装在找寻纸笔，"没什么没什么。"

我连忙放下她的作业本，起身朝门口走去。可还没走到门口，听到她再次小声地发问："所以姐姐，你是我妈妈吗？"

我咬了咬嘴唇，转过了身。

我看着坐在床沿的岁晚，不知道该如何开口。我试想过千万种方式来告诉她，却唯独没有料到是她自己挑起的话题。

"嗯，所以，你知道了。"

她可能没有料到我竟会如此坦率，反而慌张地躲闪着我。

"妈妈——嗯，那个我妈知道你知道了吗？"

她摇了摇头。

"不要让她知道好不好？岁晚，好不好？"我握住了她的手。

她点了点头，接着又怯生生地说道："我想找爸爸。"

我握紧了她的手，"你知道多久了？"

她小心翼翼地看着我，"挺久了。"

我本以为这是个会尘封一辈子的秘密，但它却在你猝不及防的时候自己炸开了，有人言的地方，从来就没有什么秘密。

我起身要走，她却拉住了我，"姐姐，我爸爸在哪里？"

我看着她的眼睛，虽然她活脱脱长成了宋海成的模样，但那样隐忍的倔强，确实是我的孩子。

我开始动手找宋海成，只打了几个电话，就拼凑出了他这十年的大概。我也是惊讶于这事的简单迅速，以至于好友连连发问你们会复合吗，我还没想好应对的答案。如今他已四十出头，前年离了婚，孩子判给了前妻。

再然后我便接到了宋海成的电话。

"孩子来找我了。"

宋海成

当李岁晚开口喊我爸爸的时候，我竟没有感到多大的惊讶。打从我见到她后，就隐约觉得会发生些什么，她长得和我太像了。

我上前问她："你妈妈是谁？"

"李衍，"她刚一回答，便连连解释，"是我自己来找您的，跟我妈妈一点关系也没有。"

我自然是知道李衍的脾性的，她既然已经独自将孩子养到了十二岁，应该是做好了一辈子不让她见我的打算。

不等我回答，李岁晚又接着说："爸爸，所以你真的是我爸爸？"

我伸手摸她的头，"是啊。"

她竟一下子圈住了我的手臂，"哈哈，我爸爸是所有同学爸爸中最帅的。"

我看着她娇憨活泼的笑脸，不知不觉也笑了起来，李衍竟把这孩子带得那么阳光。

晚餐是和李衍一块吃的，那是我离婚后，第一次"家庭聚餐"。仔细算起来，李衍应该也该三十好几了，虽说当年也是挺出名的漂亮姑娘，可如今竟一点也看不出有过生养的痕迹，举手投足间充满了带有成熟风韵的少女感。

当年与她失联后，我去过她的学校，打听到她休学的消息后还以为这就是单方面老死不相往来的信号了。我纵是熟知李衍的性子，却也是没有想到当年她休学竟是因为这个，原来她是真的怀孕了。

"好久不见啊。"她率先和我打了招呼，便侧身坐下了。

岁晚甜甜地朝她笑，"姐姐——妈妈。"说到一半还改了口，不好意思地眨了眨眼。

李衍伸手佯装要打她，"岁晚，怎么那么淘。"

我看着现在的她，而过去影像却在我心底一帧一帧地展开。

我这些年不是没有遇到过堪称尤物的女人，但直到李衍，才知道旧情复燃也不亚于枯木逢春。从前的羁绊那么深，彼此间分开得又那么久，只消得一个眼神，便刻进了心间。我们开始像当年那样约会，一寸一寸地重游当年走过的马路，一家一家地重温当年吃遍的餐馆。最后，自然也像当年一样，晚上带她回家。

然而当我一点一点地解开李衍的衣扣，她却直愣愣地站着没有任何动作。

我疑惑地看着她。

"你会和我结婚吗？"李衍突然发问了。

我只能捧起她的头，一寸一寸地吻她的面颊。

"你会娶我吗？"

我没有接话，一个公主抱将她放到了床上。可她搂着我的脖子，再次问道："宋海成，这次你会娶我吗？"

我撇过她的头，在她耳边轻轻地说："我会负责的。"

我三十三岁那年，和前妻结婚了。不是因为她让万物都失色，更不是因为我独爱她，而是因为那时候，我突然想成家了，而她恰好是我那时候的女朋友。如今我对李衍承诺了负责，那我一定会负责，不管是岁晚的将来还是她的以后，可是我仍旧给不了她婚姻。有些东西过了就过了，只能怪时机。

你要问我爱过李衍吗？我的答案是当然爱过。你要问我这辈子最难忘的女人是李衍吗？我只能说这傻姑娘闷声不吭生了个孩子，确实也难忘。

只是人的一生那么长，像我这样的人，在死前的最后一秒都难说这辈子最爱的是谁。

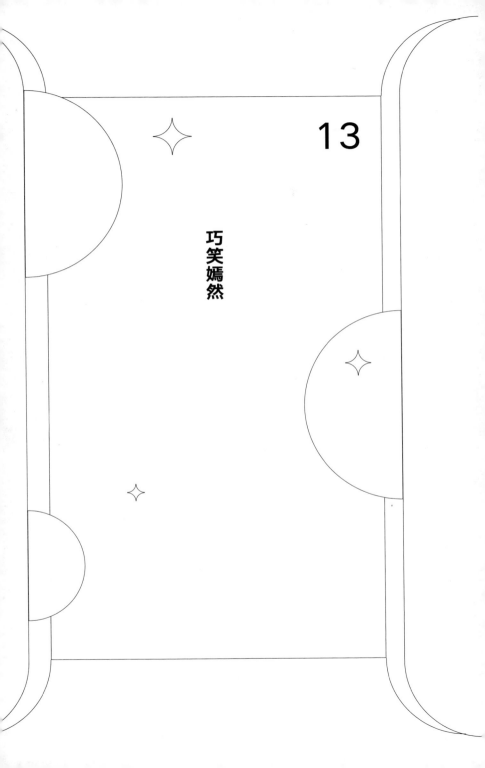

13

巧笑嫣然

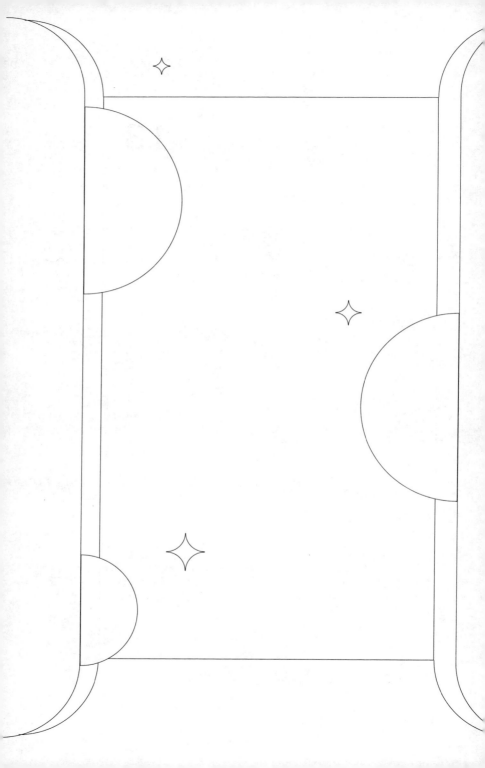

林巧笑跑去开门时，绝不会想到老妈会出现在门口。

"妈，你怎么来了？"林巧笑穿着碎花睡衣和拖鞋，一副标准宅女的样子。

林妈妈瞥了眼室内，"合租的人，找到了没？"

林巧笑连忙点头，"找到了，找到了。"说完，才发现自己的合租者不但不符合老妈同乡的要求，甚至还是个男的。

林妈妈进了门，盯着鞋柜上的男鞋良久。林巧笑连忙解释，"是合租青青男朋友的，下雨天，怕……怕没鞋换。"她觉得自己的脑子真好使，竟能一下子想出这样的理由。

林妈妈倒也没说什么，点点头继续参观视察。她的目光落在了阳台上晾着的衣服。林巧笑顺着她的目光望去，付衍然明显大几号的衣服正在不停地飘舞，特别是他那条红色的四角短裤，扎眼地乱晃。她只觉得眼前发黑，简直快要晕倒了。

"妈，青青替她男朋友洗衣服……"

林妈妈的眉头都快皱成了一条线，"这还没结婚呢，就这副小媳妇的样子，是八百年没见过男人吗？"

林巧笑一边连忙附和老妈英明，一边对一向自食其力还顺便帮她打理个人卫生的付衍然暗自道歉。

林妈妈在付衍然的门口兜了一圈，还是没有进去。林巧笑不禁暗自舒了一口气，幸亏老妈自诩知识分子，对个人隐私看得极重，若是她一个冲动，看到了室内的景象，断然不会相信那是女孩子的住房。

正当林巧笑庆幸刑难结束，想跑去厨房发短信诫告战友莫入敌穴时，老妈进入了卫生间。

糟糕，付衍然的瓶瓶罐罐还留在洗手台上。

出来的时候，林妈妈一副痛心疾首的样子，"笑笑，你怎么找了个这样的室友啊？这不是和男朋友同居了吗？亏你还住得下去。现在的孩子啊，怎么一个个都这般模样……"

林巧笑连忙逃开，还好还好，老妈一直以为那虚构的青青是真实的存在，不过她那老学究般的喋喋不休，还真让人有些hold 不住啊……

付衍然的声音却不合时宜地响了起来，"林巧笑，开门。我忘带钥匙了。"林巧笑下意识地冲出去开门。付衍然一边脱着鞋子，一边笑着对林巧笑说："我刚买了菜，今天做鱼好吗？"

林巧笑扯着他的衣服，指了指身后的老妈，"我妈。"

"阿……阿姨好。"付衍然讪讪地直起身。

一时气氛尴尬地凝结。

"我……我去做菜。"付衍然企图微笑，咧开嘴却是皮笑肉不笑。

林巧笑像是打着圆场那般，"妈，付衍然做得可好吃了，待会儿，你尝尝他的手艺。"林妈妈竟没有说什么，若有所思地踱到了一边。

饭桌上的气氛照样沉闷。

突然林妈妈像想起了什么，"怎么不等那青青一起吃？"付衍然露出白痴样的茫然表情。林巧笑在桌子底下踩他的脚，"妈，青青今晚不回来吃。付衍然，你女朋友没有通知你吗？"

付衍然连忙作恍然大悟状，"对对，中午就收到了，这会儿竟忘了，还以为她今天加班。"

林妈妈笑而不答，顾自夹菜。

那两人对视了一眼，不知她葫芦里卖的是什么药。

林妈妈回去的时候面对巧笑说道："笑笑，这男孩虽然长得不错，人看着也舒服。不过，男人还是经济最重要。"

林巧笑连忙辩解，"妈，我和付衍然什么关系都没有，他是青青……"

"什么青青，哪来的青青？你一个小姑娘，找个男室友，防盗呢？"林妈妈抢白道。

"嗯，防盗、抬水、修电器，还顺便拖地、洗衣加做饭。"

林妈妈笑了，"哟，还十全保姆？好了，洁身自好这一点我对自家女儿还是有信心的。笑笑，你长大了，许多事情你自个儿看着办吧，妈妈走了。"

林巧笑觉得鼻子有些发酸，"嗯，再见，妈妈。"

付衍然是林巧笑贴小广告招来的室友。他长得不错，应该说非常不错。什么韩国花样美男，在他国民校草的范儿面前，全都弱爆了。只可惜，他没有钱。

付衍然是兽医。绝不是哪个富二代放着家业不去继承，跑来过家家，也不是什么医学世家，拥有继承医院的权利。他是货真价实的替人打工的小兽医。

林巧笑清楚地记得他第一次进门，她便不停地打喷嚏，然后便是眼泪和鼻涕。看得付衍然手慌脚乱地替她找纸巾，林巧笑却是不停地退后，避他如瘟神。付衍然后来才知道，林巧笑患有动物皮毛过敏症，常年与动物接触的他简直是她的克星。

付衍然住下来以后，林巧笑居然再也没有那天的反应，她有些好奇，拎着付衍然的外套，慢慢靠近它。

"林巧笑！"付衍然看着她视死如归的表情，觉得莫名其妙地好笑，"你在干什么？"

林巧笑见他来了，连忙扔开外套，"啊……没什么啊……对了，你身上怎么突然干净了？"

"突然干净了？"这是什么话，付衍然又好气又好笑，"我每天在医院洗过澡，消过毒才回家的。"

林巧笑愣愣的不说话，半晌，才指着冰箱，"付衍然，我要吃西瓜。"

林巧笑是个朝九晚五的小白领，工作的写字楼在 CBD，而租的小窝却在郊区。在那个需要一个多小时公车才能到公司的小区，林巧笑是从不敢睡懒觉的。而那天，她却着实起迟了。

随便地套上衬衫，抓起外套，便拖着高跟鞋出了门，正想着不要心疼人民币，打回的吧，毕竟考勤奖更重要，上帝却开了一个大玩笑。

当时，正值杭城出租车罢运，没有哪位出租车司机能解救她的全勤奖。而开往武林广场唯一的公车正从她面前呼啸而过。

林巧笑咬着嘴唇，不知所措。而付衍然推着单车，正出门，却看到林巧笑顶着乱糟糟的短发，杵在那里。

"怎么了，林巧笑？"他向她喊道。

林巧笑抬头看他，露出苦逼兮兮的表情，"我没法上班了……"付衍然走了过来，替她翻好外套的领子，"我送你。"她瞅了瞅他的单车，"这个啊？我坐那儿啊？""前面啊，上来吧。保证你安全。"林巧笑还在迟疑，"我不是那个意思，我是怕我太沉了……再说，你也要上班……"

"那这个月的房租你多100，行了吧？"付衍然打断了她。林巧笑瞪大了眼睛，"你这是公然抢劫，50还差不多，哪有100的……"付衍然不知道该对这个女人的脑袋说些什么，只能加重了语气，"上车。"

最终，林巧笑还是乖乖地上了车。付衍然蹬得飞快，她只能紧紧地抓着他衬衫的下摆。林巧笑只觉得风呼呼地吹过耳膜，她整个身体都有些摇摇欲坠。

"林巧笑，快抱我。"付衍然庆幸林巧笑没有一双迷人的大长腿，否则挡住了他的视线就只能制造交通事故了。

"太危险了，快抱我。"见林巧笑不听，他又加了一句。

林巧笑小心翼翼地将手环在他的腰上，很结实，毫无赘肉。她的头正好埋在他的胸前，甚至听得到心跳的声音。

付衍然呼吸一紧，身体似乎开始升温，他甩了甩头，告诉自己要冷静，全力地向林巧笑的公司前进。

林巧笑跳下车时，看了眼大钟，天，居然没迟到。而身边的付衍然，大口大口地喘气。

"要不，你进去休息会儿吧？"付衍然摆了摆手，"不了，再见。"说完便推车走了。

林巧笑盯着他的背影良久，才踱进大门。

林巧笑觉得自己有点喜欢付衍然了，也许从见面的那刻她就有些喜欢了。她挑了个保温水壶，准备送给他，花掉了她这个月的全勤奖，但配他的单车。

林巧笑跳下公车的时候，看见了付衍然。身边还有一个身材高挑的女孩。

那女孩倚着一辆 BMW Z4，手上牵着博美犬。两个人说说笑笑，谈话间，付衍然替她摘去了落在发间的枯叶。

林巧笑装作不认识那般绕过他们，付衍然见她目不斜视，便也没有和她打招呼。路过博美犬时，林巧笑不停地打喷嚏，那女孩抬眼厌恶地瞪她。林巧笑回瞪她，恶狠狠的。她恨恨地想，博美犬有什么好的呀，长得那么丑，那么丑。

那个水杯，她最终还是送给了他。"那天，谢谢了。"林巧笑将袋子递给他。

付衍然有些诧异，"谢……谢谢。"

林巧笑觉得有些不甘心，"你女朋友啊，刚刚那位？"

付衍然没有否认，"嗯，算是吧。"

"不要告诉我，那只死丑的博美犬是你们的媒人。"

付衍然露出夸张的表情，"林大仙，你好准！"林巧笑抬手就是一记飞抱枕。

第二天，林巧笑便答应了一名小开的追求。那小开是典型的中小企业富二代，开了辆 PORSCHE 卡宴，在街上到处卖骚。他追林巧笑倒还是有些恒心，至少鲜花不断，让同科室的女人羡慕嫉妒恨。

　　有些时候，林巧笑想想这样也好，你找你的富婆，我傍我的大款。贫富搭配，我们都是中产阶级。老妈说得真他妈对，经济太重要了。

　　终于，小开带她去开房买礼物。消费了他那么多，能还的也只有身体而已。

　　林巧笑在酒店金碧辉煌的房间里问他："你会娶我吗？"

　　小开解开外套，"别开玩笑了。"

　　林巧笑直直地站着，"不以结婚为目的的谈恋爱都是要流氓。"小开动手解她的衣扣，"你是什么年代走出来的人？"

　　林巧笑推开他，"那好，我们分手吧。"说完，夺路而走。

　　他一个快步，抓住了她的手腕，"你发什么神经？" 林巧笑不说话，只是抬眼看他，看得他心里发慌。

　　"我在你身上花了这么多精力，你就想这样一走了之？"林巧笑仍是不说话，开始动手解身上的项链、耳环、手表、外套。她一件件地扔在小开面前，最后将手包甩在了床上，"都还给你，剩下的，邮寄给你。"这一次，小开没有再去拉她。林巧笑穿着薄薄的单衣，摸了摸口袋，幸好，还有两块公车钱。

　　她回到家时，已经很迟了。

　　客厅的灯光还亮着，付衍然在看电视。林巧笑望了眼电视，是他平时厌恶的肥皂剧。

"你不会在等我吧？"林巧笑按亮了灯。

付衍然没有回答："这么迟，干什么去了？"

林巧笑躺倒在沙发上，"为民除害去了。"

付衍然看着她薄薄的单衣和凌乱的头发，"你到底怎么了？林巧笑！"

林巧笑看着他，像只受伤的小兽，"我冷。"

付衍然连忙给她披上毛毯，放缓了语气，"笑笑，发生什么事了？"听到那声许久没人叫的"笑笑"，林巧笑的眼泪，莫名其妙地下来了。

付衍然却慌了手脚，不知该安慰些什么，良久，给了她一个拥抱。林巧笑紧紧地环着他的腰，竟莫名让人感到安心。

她觉得今晚甩了那个小开，真特么值了。

此后，他们像是约定好了那般，一旦晚归，都会给对方电话。"林巧笑，我今晚加班，会迟点回来。晚餐在冰箱里，你自己热点吧。"

林巧笑正看着电视，"哦，晚上回来的时候当心点。"

付衍然骗了她。他明明在和博美犬女孩约会，那句加班却脱口而出。

晚八点，林巧笑看了眼窗外，淅淅沥沥地下起了大雨。

她想起了付衍然那个在滨江区的动物医院。地区偏远，连出租车都难以一见。而他早上出门的时候，似乎没有带伞。

林巧笑立刻从沙发上跳了起来，她要给他送伞。

林巧笑从未去过付衍然的医院，但弯弯绕绕还是被她给找到了。

她站在门口，雨已经很大了，大楼里只亮着些许微光。

她戴好事先准备好的口罩，深吸了一口气，她害怕动物医院的气味，更害怕一去不复返。

"小姑娘，去干吗呢？"门口的保安叫住了她。

林巧笑转过头去，那个大口罩将那老头着实吓了一跳，"你……抢劫？"

林巧笑连忙摆手，"大伯，我来找付医生。"保安笑了，"付医生啊，早就走了呢，一下班就走了。"林巧笑愣在那儿，一动也不动。老头见她没有反应，又补了句："还是坐宝马车走的。"

林巧笑不知道在这雨夜走了多少路，鞋子湿了，肩膀湿了，背包湿了。那个"博美犬"是他的女朋友，不是早就知道了吗？何必，这样的……这样的伤心。林巧笑突然看见前面有黄色的微光，竟是辆出租车。

她拦下了它，"去西湖。"

下车的时候，她将身上所有的钱都给了司机，还不够。"就这些了。"林巧笑无比委屈，走的时候匆忙，也不会想到竟会穿越城区。司机看了她两眼，还了她两块钱，"小姑娘，记得回家。"林巧笑仍是木讷地走着，湖滨路上靠窗的餐厅里是一对对的情侣，似乎还在感谢这个雨夜，创造了这样美好的气氛。

她突然停住了脚步，她看见了付衍然，那张她死都不会看错的脸。林巧笑想了好一会儿，还是朝他做了个手势。

付衍然也看到了林巧笑，那样湿漉漉地站在门口，倔强地望着他。他看了一眼面前衣着光鲜的女孩，又看了一眼林巧笑，她甩了甩凌乱的短发，像一只浸湿的小猫企图甩干身上的水珠。她竟朝他招手。

付衍然立刻向对面的女孩说了声抱歉，站起了身，"你怎么弄成这样？"他的语气里也许还带着心疼。

林巧笑微笑，小心翼翼地从包里拿出一把由塑料袋包裹着的雨伞，"下雨了，你没带伞。"

付衍然望着那柄递出去的雨伞，下意识地想要拥抱她。林巧笑却往后躲了躲，"我……身上湿。"付衍然还想拉她，林巧笑却走出了屋檐，"你进去吧，我先走了。"

付衍然紧紧地握着雨伞，一言不发。

"博美犬"小姐却不依不饶起来，"那个脏兮兮的女孩是谁啊？怎么给了你这把破伞，哎。"

付衍然没有理睬她，脑海里回旋的还是林巧笑最后的眼神，无助又欣喜。"衍然，衍然？"她叫他。

付衍然起身，"不好意思，梁小姐，我还是高攀不上你。"

付衍然奔跑在路上，雨依旧很大，但他什么也顾不上了，只要……只要能追上林巧笑。

幸好，她走得够慢。

他拍了拍她的肩膀。

林巧笑回头，不可思议地看着满头水珠的付衍然。付衍然撑开被她裹得顶好的雨伞，揽着她向前走，"林巧笑，你是不是喜欢我？"

林巧笑连忙否认，"没有没有，一点都没有。"

付衍然微笑，却拥得她更紧了，"可我喜欢你，很喜欢你。"

林巧笑讪讪地将头移到一边，"如果你这么说的话，那我也不是一点都没有喜欢你啦，还是有一点，有那么一点点喜欢你的啦。"

有一点，却比很喜欢还要喜欢。

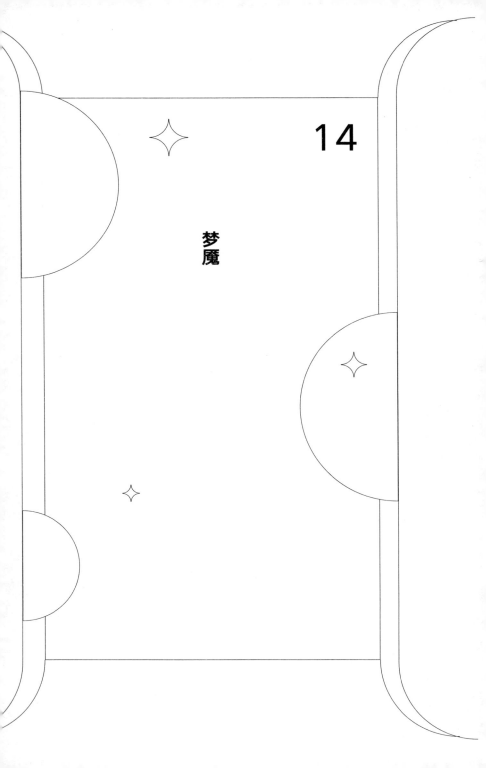

14

梦魇

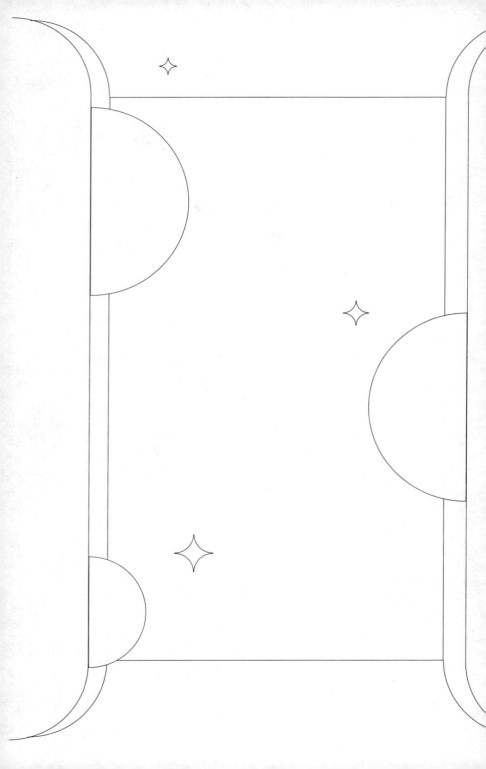

方才电话刚响的时候，孟小姐便觉得那十一个数字分外地眼熟。

　　接通后，竟然是叶启程。

　　"喂，嫣嫣，是你吗？"

　　孟小姐杵着没有说话。她明明记得当初分手后，拉黑了叶启程的一切联系方式。

　　他见对面没有出声，继续道："你终于接了我的电话。"

　　孟小姐仍是紧闭着嘴巴。算起来，他们也有六七年未曾联系了，甚至在换手机的时候已经忘记把他的电话列入黑名单了，她也从未料到叶启程还有联系她的那一天。

　　"怎么，有事吗？"

　　"也没什么事，周末一起吃个饭。"

　　孟小姐哂笑道："呵，我不在北京。"

　　"别诓我了，我知道你在。"叶启程仍是当初那样强势的说话习惯。

　　"哦，那我没空。"孟小姐二话不说地掐断了电话。

她盯着屏幕，久久没有作声。当初那个那样小心翼翼保护着叶启程自尊心的孟小姐终究不在了。

叶启程是孟小姐社团联谊找来的男朋友。大三的社团散伙饭，好几个社团一起喝得昏天暗地的，孟小姐最后更是趴在陌生人的肩头飙起外语。

而那个陌生人叫叶启程。

其实叶启程是一直对孟小姐有所耳闻的，经管学院出了名的高冷白富美。可如今瘫软在他背上胡言乱语的小野猫实在担不起高冷的画风，冷不防还突然碎碎念："我警告你啊，不准占我便宜。"

那个瞬间，叶启程觉得孟小姐是可得的。

那个时候，叶启程外形高大，出手阔绰，既有体育部部长的健壮体格，又有辩论队队长的舌灿莲花，追个学校的姑娘，基本上是手到擒来。

孟小姐也不例外。

所有人都觉得他们是可以横行校园的金童玉女，放到现在，两人要是拍部宣传片《等你在 A 大》，估计第二年的录取分就得涨。只有孟小姐知道，叶启程一直在撒谎。

他一直强调自己有个资金雄厚的家庭，家族人丁兴旺，遍地开花。说起自己各地的资源，更是头头是道。特别是各种来路的兄弟，不是这个有军政背景，就是那个家中资产上百亿。

孟小姐倒也没全当他胡说，只是有些东西，时间久了，根本就没法伪装。

她能记得和叶启程去高级餐厅，他对着菜单的局促不安；

也能观察到陪他去商场购物时，最后买单时的故作潇洒；更多看到的是他对着侍者的鲁莽与高傲，而向来对人有着距离感的孟小姐面对他们，却是一种疏离但却不失亲切的礼貌。

但是她从来不会说破，总是恰到好处地替他解了围，也许是微笑着说："启程，那个味道超棒的，你今天必须试试这个。"也许是从衣服中挑出几件，"这几件太难看了吧，嗯，我不喜欢你穿。"

有一回，叶启程当着孟小姐的面拆了个包裹，"我哥们从英国给我带的。"说着，微微面露了得意。孟小姐瞅了眼那衣服的领标，一个浮夸的二线潮牌，刚火起来的那会儿，她倒也有过几件。她摸着自己的脖颈，"挺有品位的。"

可那个时候的孟小姐不在乎，她觉得叶启程对她体贴又关心，最重要的是，他有着在她的朋友圈都没有的上进心和努力。孟小姐觉得那是一个真正的男人才有的品格，所以她竭尽全力地维护着他的自尊心和漏洞百出的谎言。

再后来，就毕业了。

两人的去留、就业甚至婚事都提上了日程。

孟小姐和母亲坦白了和叶启程的恋爱，在生意场上摸爬滚打了几十年的母亲就说了两句话："嫣嫣啊，在一起这么久，怎么能一点他们家的情况都不知道呢？"

第二句，便是要当面见见叶启程。

叶启程于是去了孟小姐的城市。在她家巨大的青铜门别墅前，叶启程再三告诉自己要表现得习以为常。可孟小姐的父母自然是此中高手，先是酒精的麻痹，再是三言两语，便摸到了叶启程的深处。

叶家在当地的乡镇上有家卖衣服的店面，倒也不算穷苦人家，但实在与他刚开始同孟小姐说的从事服装生产和进出口贸易的公司相差甚远。

父亲最后说："小伙子挺有想法和前途的，就是有点靠不住，过于虚荣了。"

没过多久，叶启程又打来了第二个电话。孟小姐按掉后，还没等屏蔽他的电话，叶启程已经发来了信息："我现在来接你。"

孟小姐无奈地回道："这样有意思吗？"

"我只想看看你，给个机会吧。"

人果然都是会变的，孟小姐盯着屏幕。曾经的叶启程，能够一次次地忽略她发给他的分手信息，却不曾说过一句挽回的话语。

两人分开的原因很简单，就是不爱了。孟小姐的清醒是突如其来的，兴许是工作之后见过形形色色的人太多，亦是繁忙的业务让她已经慢慢从那段感情中抽身，一夜之间的醍醐灌顶让她觉得自己已经无法再喜欢叶启程了。

更何况日趋成熟的孟小姐才发现真实的叶启程有多复杂，她以为她看透了他的那点小心思，其实她什么也没看清。

她对他说了好长一段话，总结起来只有一个意思，是我不好，我们分开吧。

叶启程没有理她。隔了几天，又像是没事人那样约她吃饭。

孟小姐说："我们已经分手了。"

他仍故伎重施，过几天又约孟小姐看电影。

孟小姐给他打了电话，"我们把话说清楚好不好？"

他说："为什么？"

孟小姐发泄似的说道："我终于看清了你，我不想当傻子了。"

"我不明白。"

"你能不能明明白白地告诉我，你当初喜欢我什么？"孟小姐绝望地问道，"我已经看不清你了，叶启程，你能不能不要这么虚伪？"

叶启程一言不发。

半晌，才说道："我只要最好的。"

孟小姐终究还是没有回复他的信息。下班后，却给冯璐打了个电话，当年大学的社联主席，也许是这些年来唯一一个还在热心联络同学的人。

"喂，璐璐啊，是我。"

"是嫣嫣哪！真是好久没消息了呢。"

一阵寒暄后，孟小姐单刀直入，"璐璐，你还有叶启程的消息吗？"

"他呀，在同学圈子里不是一直都挺活跃的嘛！"冯璐几乎是脱口而出的，显然对叶启程的情况了如指掌。

"哦，那他最近过得怎么样？"

"今年刚买了房呢，三环内的，真是挺有本事的，"冯璐又想了想，"听说快升总监了，上回在京的同学小聚，开的车是奔驰吧，我记得。"

没等孟小姐开口，冯璐又说道："咦？怎么突然问起他呀，难道你们要旧情复燃吗？我跟你说啊，现在的叶启程可不是当初的叶启程了，人家现在是钻石王老五，黄金单身汉……"

孟小姐打断了她："璐璐，这么多年，果然还是属你消息最灵通。"

"哈哈，那是，"冯璐没心没肺地笑着，"你们要是破镜重圆了，也挺好的，上周他还跟我打听你呢。"

"哈，是吗？"孟小姐跟着她打哈哈，"有空多聚聚啊。"

临睡前，叶启程的电话又来了。

孟小姐接起电话便说："我有男朋友了，我是不可能跟你见面的。"

"那照片发我看一下。"

"那是人家的隐私。"

"掩耳盗铃。"叶启程立刻接道。

孟小姐也不知道自己为什么还要和他纠缠不清，"你到底想干什么？"

"我是来对你的未来负责的。"

孟小姐已经不知道该和他说些什么了，她重复道："我有男朋友了。"

"哦，"叶启程阴阳怪气地说，"那你们怎么认识的？"

"朋友。"

"那他多高？"

"179。"

"有车吗？"

"有。"

"什么牌子的？"

"一般性，不是好车。"

"有房吗？"

"没。"

"在哪工作？"

"你够了，叶启程。"

叶启程突然就激动了，"我跟你说，我不同意。妈妈，我不同意。"

孟小姐很想说一句，你有什么资格，但她沉默着没有说话。

"没有我优秀的人，都不可以。"叶启程最后说道。

此后的日子，叶启程对孟小姐虽谈不上嘘寒问暖，但也保持着刻意的联络。

而孟小姐早就没有当初揣测他的耐心了，她心平气和地对他说："你不要再这样了。"

"一起吃个饭吧，真的，没别的意思。"

孟小姐想了想，"好。"

他们去了当初那个餐厅。

如今的叶启程熟练地点餐挑酒，入座前还替孟小姐拉了椅子。

孟小姐全程都保持着疏离的亲切，她眼望着一直企图挑起话题的叶启程，心思却一直飘在天边。

而一直在说着这些年奋斗经历的叶启程突然话锋一转，又绕到了孟小姐的现任。

"妈妈，你这样不好。"

"啊？"孟小姐有点恍惚。

"给我看一下他的照片吧，拜托了。"

孟小姐瞅着对面的叶启程，竟打开了相册。她想了想，发了一张"床照"。孟小姐俯拍着躺在床上的现任，将腿搁在了他的身上。

叶启程盯了良久，突然开口了："你看他这住的是什么房子？这墙，这床，实在是太简陋了。"

"你有没有意识到自己在说什么？"

"嫣嫣，我现在能提供给你更好的生活了。"叶启程靠近桌子，想要握住孟小姐的手。

她本能地往后一缩，"你知道你讲的有多可笑吗？"

孟小姐接着说："你赢了，我承认你赢了，放过我吧。"

晚餐的后半程叶启程一直没有开口说话。

直到末了，他竟冷不丁地来了一句："嫣嫣，你的第一次是我的。"

两个月后，叶启程便结婚了。

新娘年轻貌美，还陪嫁了一个"公司"。老实说，一点都不输孟小姐。

可当神父说，你愿意一生一世照顾她，不管健康还是残疾，贫穷还是富有……他的脑子里一闪而过的却是孟小姐第一次趴在他肩头，吐了一地的情形。

他定了定神，朝着对面的少女说："我愿意。"

婚礼的排场很足，几乎能搭得上边的人都来了。他给孟小姐递了请帖，但她确实像他料想的那样，并没有出现。

"儿子，你真是出山了。"叶爸爸欣慰地拍了拍他的肩膀。

叶启程的目光扫到娇美的新娘，是啊，如今我什么都有了，竟什么都有了。

他突然觉得一阵轻松。孟小姐就像是一个长久的梦魇，与其一天天地饱受折磨，不如选择亲手打碎它。

再得知孟小姐的消息时，已经是一年后了，叶启程正巧休着年假。

年少的妻子娇笑地解散裹好的浴巾，从背后环住他。而叶启程却一动也不动，僵在了那里。

"怎么了，启程？"她爬上床，抱住他的双肩，将脸攀过肩头，她瞥到了叶启程脸上的泪痕。

而他却拂下了她的双手，"没什么。"说着，直挺挺地走向露台。

手机屏幕上是冯璐新发给他的信息："嫣嫣出事了，高空跳伞事故。上周的事，你来参加追悼会吗？"

他攥紧了手机，眼眶潮潮的，大脑却一片空白。

"她不是早就不是你的了吗？"叶启程自语道，"现在，她不是所有人的了。"

他一下子竟笑了。

死了好，反而好。叶启程默默地想。

再也没有人，能得到他的嫣嫣了。

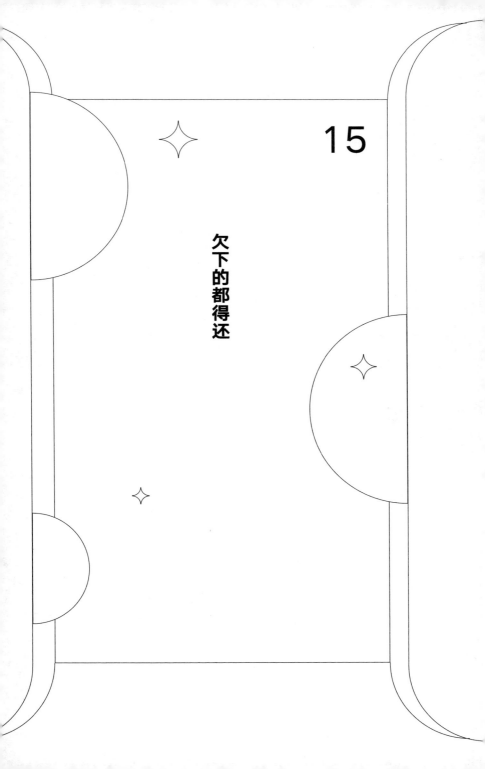

15

欠下的都得还

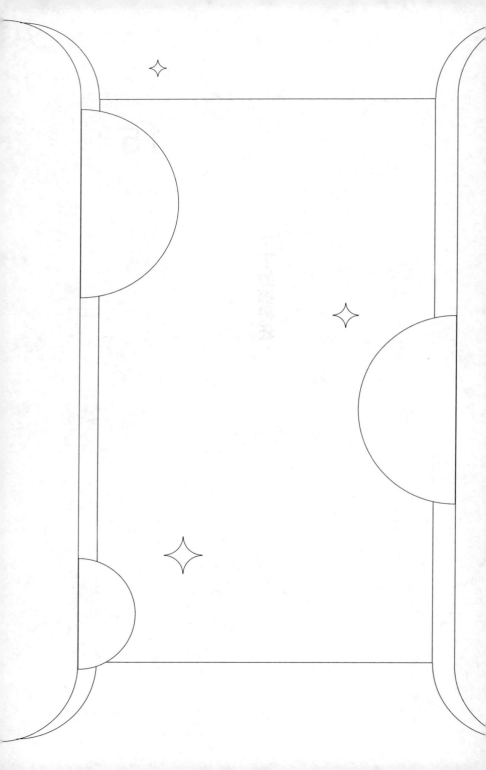

如果说每个人的人生都有一段轨，那我二十多年前的岔道就是赵念。

　　在认识赵念之前，我就是个渣男。这帽子让一个渣男承认可不容易，而往往承认了的就开始往死里渣。

　　我遇见她的第三天就觉得这他妈就得是我的真爱，我用了一周时间和前任说咱们从此一刀两断，她哭哭啼啼地说，能不能再给她一点时间？我说，亲爱的真不能，我想干干净净地去喜欢一个人。

　　我和大张说我恋爱了。他说谁不知道你顾狗没有空窗期。我说这次真不一样，我想睡她一辈子。他对着我哈哈哈地笑，抬头问我："去 Crown^① 吗？"

　　于是我恍恍惚惚地输完了全部的筹码。大张猛地拍我的背

―――――――――――――

　①一家赌场的名字。

脊，你今天是他妈犯困了吗？

我却答非所问地回道："这个点她他妈该起床了啊，为什么不回我信息？"

大张看着我连连摇头，"顾狗，网恋是傻逼。"

嘿，我就愿意做这个傻 ×。

我对赵念说我等不到你放假了，我现在就想见你。

赵念咯咯咯地笑，那我每天去上课，让你独守空闺也没事吗？

我说这算什么事，每天见你一面我就能想你到睡着。于是我在 South Kensington① 见到了她。刚下课的她，在这伦敦画廊最密集的文化区，对着第一次见面的我说："顾玄同我好饿啊，我想吃红烧肉。"

我愣是半天没有反应过来。赵念勾过我的肩膀，"你不是说你做红烧肉很有一套？"

滚你丫蹄子，我明明跟她说的是煎牛排，可我顺着她说："走，回家我给你做。"

从前我看她的照片就觉得想睡她一万遍，可当她活生生地只穿着内衣裤站在我面前时，我竟然直愣愣地站在了一边。

她歪头招呼我，"你要我自己脱内衣吗？"

我走近了她，小心翼翼地抚上了她的背脊。我觉得我根本

_____

①南肯辛顿，伦敦的一个区域。

无法形容她在我心中的美丽，她就像个浑身充满野性与张力的瓷娃娃，两种截然不同的气质竟然在一个女孩的身上得到了完美的结合。我只记得那天是个难得的晴天，她的皮肤在逆光中透着金光。

我们没日没夜地做爱，无数次打翻了她的画架。我吵着要她给我画特写，赵念三两下鼓捣出一副速写，"可其实我学的是文化保护耶，画画是为了装 × 用。"

我拿过来一看，丑得没边，可是我喜欢。

我看着她站在阳台晾衣服，天气那么冷，她的手指那么冰凉，我突然觉得心疼得不得了，于是我回墨尔本之前给她请了一年的小时工。

赵念对我翻白眼，老顾你可真奢靡。

我心想，老子钱再多不给你花才是真浪费。可我对她说，还不是为了让你跟这阿姨好好学学，将来好省几十年的小时工。

赵念直接扑上来就是对我一顿打。我从来没有觉得逗一个姑娘有这么好玩。

我对赵念说，我觉得我可能爱上你了，嫁给我好不好？

她突然一头扎进我的胸口，"我这辈子只想嫁给你。"

我临走的那天，刚想对她说，等我坐完这移民监，就过来陪你。可她的眼睛那么亮，一冲我笑就化。于是我说："你等我一个月，我马上就来。"

可是她推着我走向边检，"乖，别闹，我会来看你。"

我回到墨尔本没几天就接到了前任的电话，一接通知道是她就想挂，但是她开口说："我怀孕了。"

我放下电话就去了悉尼。我说，算我求你，把孩子打了吧。

她说，顾玄同你真不是人。

我觉得我在这段感情中还是有优点的，比如说，渣得坦荡。所以我反问她，你确定这孩子是我的吗？

前任开始冷笑，"你终会有报应的。"然后问我要了一个数。

这个数很尴尬，虽然给得起但确实有点多。换作一年前我应该只会给个我觉得合理的数，他妈的你爱要不要，可我这次很爽快地同意了。我只希望这事能尽快了结，她是个什么样的女人我再清楚不过了，我承受不了赵念因为这事离开我的后果。

后来，赵念果然来找我了，可我没想到前任也来了。

我觉得这问题到底也是出在我身上，我带着赵念见我所有的朋友，我恨不得让所有人都知道，看，这就是我媳妇。我第一次那么强烈地想要另一个人参与我的人生，我竟然觉得往后的几十年跟同一个女人共同生活是件令人向往的美事。

我不知道是谁说漏嘴的，前任见着赵念就开始劈头盖脸地骂小三，赵念竟也不还嘴，任凭前任这样气势汹汹指着她的鼻子说话。我连忙将她拉到背后，可前任竟然不依不饶起来，她冲我俩吼道："赵念，你以为顾玄同就是什么好货吗？我是怀孕被你们这对狗男女劈的腿！"

赵念平静地从我身后走了出来，"是啊，所以狗男女注定是要在一起。"

前任有点懵，我也有点懵。听前任说出口我就开始懵，没想到听了赵念的回应我更懵。

回家后，我对赵念全盘托出了过去，我自己知道过去有多浑，我只希望在她面前能做个干干净净的人。

她还是全程冷静地听完了故事，她问我："有什么需要解释的吗？"

那应该是我最紧张的十分钟，也是我最竭力的辩驳。

过了很久，她都没有说话。最后她将头靠在了我的膝盖上，"我不管是谁的错，打胎总归是姑娘受到伤害。可是我接受你，因为喜欢你，所以我为你变得没有下限。"

"你知道吗？有那个瞬间，我以为你要离开我了。"

"我知道啊，有好几个瞬间，我都以为我要离开你了。"

那几天我前任在墨尔本闹得满城风雨，就差在市中心举横幅贴我的大字报。赵念躺在我的腹部玩前任留下来的猫，她笑着转身趴着凑近我，渣男，你是不是心里很苦？

我顺过她的长发，揽住了她的腰肢，"一想到你就甜，再想到你还在我身边就更甜，不是不想苦，是根本苦不起来。"

我从前一想到我对赵念的感情可能源于她的优秀就觉得羞耻，可我现在只会害怕。

你说我喜欢看她光芒万丈的样子吗？我当然喜欢，我简直爱死了她的耀眼闪亮。可我现在只想她能再丑点再矮点，甚至再蠢点，我觉得我们之间有百分之百的信任，可我还是怕，怕我娶不到她。

其实和盘托出的那晚，赵念有对我说："我还是觉得老天爷不公平，像你这样的渣男，为什么还没有报应？"

"哈哈哈哈哈，"我抱紧了她，"念念，如果有报应，也只有你能虐我到不成人形。"

　　她往上蹭了蹭，咬住了我的耳廓，"我做不到，所以才感叹上天不公平。"

　　可我的报应终究是来了，欠下的就得还。

　　我记得那年，我仍像往常一样，等着赵念来度冬假。我整整在布里斯班等了她 24 个小时，拨不通手机，也联系不上任何社交软件，于是我扭头就去了伦敦。

　　我敲开了她的公寓，来开门的是一个从未见过的白人。他说是赵念将房子转租给了他，他不知道赵念的去处。我说你要么告诉我她的联系方式，要么给我滚，因为这房子是老子租的，你他妈是非法转租。

　　第二天，我就见到了赵念。

　　她就站在我面前直直白白地说，我喜欢上别人了。

　　我说，你放屁，是谁说这辈子要不嫁给我就去死？

　　她站在阳台边，指着街道说，顾玄同，你让我死我立刻就跳下去。

　　而我没有说话，那个瞬间我想过上前掐死她，或者干脆拉着她跳下去，给明天的 *The Sun*① 多一个头条。可我怎么舍得她死，我这辈子几乎没有确信的事，但我知道我爱她。赵念也知

---

①英国《太阳报》。

道，所以她能肆无忌惮地说这种话，所以她是个贱人。

她接着说，老顾，是我对不起你，我以为你玩得起。

我操你妈，×你大爷的，赵念。我知道我该生气，我该扭头就走，我甚至该冷静地回复她说，散了就散了，本来就是玩玩。可我脑中瞬间涌起的想法竟然是恳求她回来，顾玄同，你可真有骨气。

我一直知道自己骨子里是个冷血的人，我对感情也一向看得很开，能热烈的时候热烈，该平淡的时候平淡，若是没有了，那我们就分开，绝不强求。可那是赵念啊，是我一直以为是老天爷宠爱我才赐予我的完美恋人啊。

如果说她现在愿意回头，我想我能毫无原则地接受她。可我终究是没法去恳求她，更没法去冷静地祝福她。我离开前的最后一句话是："我爱你，但是从现在开始，我也恨你。"

本来，这应该是个无疾而终的故事。我曾绝望地想过，这世上是不是真的再也没有能够替代她的人？在我度过第五十个生日时，我看着身边娇嫩的小女友，心里泛起的还是赵念的影子。

小女友起身招呼女佣上蛋糕点蜡烛，她甜甜地唤我："老顾，生日快乐~"

我挽过她的手，真是鲜嫩的肌肤，"笑笑，明天去你家吃饭的事，我有点紧张，毕竟我和你年岁相差得也大……"

她连连打断了我："你的基本情况我妈都知道，放心，这次除了说我们，主要还是要谢谢你上次帮我爸公司渡过难关，这么大的资金缺口，我只和你提了一下，就二话不说替他补了。

要不是老顾你啊，我们家早破产了呢！放宽心，初次见面，我爸肯定不会为难你的。"

我在脑海里排演过一万次和赵念的久别重逢，仍旧没法想象出她此刻脸上的震惊。

"顾玄同，顾玄同。"她连叫了我两遍名字，直接瘫坐在了沙发上。

笑笑连忙上前扶住她，"妈，你这是怎么了？老顾，他叫顾念，还跟你同名呢。"

"你给我闭嘴！"赵念崩溃式地吼道，"你们都给我闭嘴！"

她的丈夫和笑笑都惊讶地站在了一旁。然后，她慢悠悠地走近了我，"顾玄同，你就有那么恨我吗？"

我伸手拨过她的发丝，我不得不承认，赵念已经老了，我看着她的手，想起了从前看着她晾床单的日子。我的完美恋人啊，终究是没有别的男人能像我这样照顾你。我的声音很低，但我觉得室内的所有人都听见了，因为我看到了僵住的笑笑和她的爸爸。我说："念念，我终究爱的还是你。"

我为了这句话，整整等了二十年。我以为赵念欠我一个体面的离开，更欠我一个本已想好的未来，她毁了我的憧憬，所以我要毁了她的希望。

可是她竟然冷笑起来，"顾玄同，我年轻时做错过太多事，这是我的报应，我认命。可是你，渣男有什么资格表深情？你问问你自己，这辈子除了自己还爱过谁？"

二十年前，我无法面对赵念的离开；二十年后，我面对她的诘问竟还是无言以对。我以为是她毁了我，所以我有理由去恨，可是现在她告诉我，是我自己毁了自己。

我突然想起很久很久以前大张常常挂在嘴边的话："太自私的人都要遭报应。"

比如我，比如赵念。

16

我的朋友崔莉莉

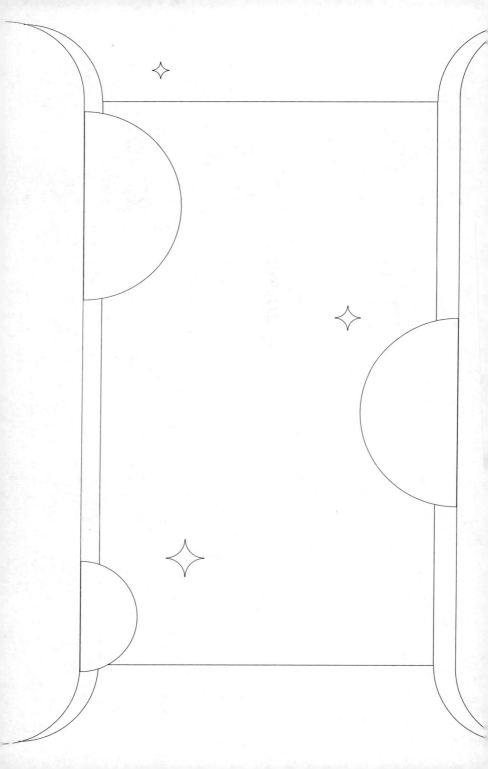

这是个"我的朋友"式的故事。

我认识莉莉的时候，她还是个穷困的大学生。其实那个时候我也挺潦倒，但是好歹我有个有钱的男朋友，我习惯叫他男朋友，可所有人都说是他邵嘉盛包养了我。

没关系，只要我当他是男朋友。

后来，她就在酒局上认识了李牧。邵嘉盛问我，你有长得好看的朋友吗？我下意识地就想到了崔莉莉，那个时候我以为我在救她，我以为她需要认识有钱的男人。当然，钱真的很重要，从开始到结尾。

李牧是邵嘉盛的朋友，跟一脸暴发户二代的邵嘉盛不一样，他长得是真好看，眉眼间有种神秘的性感。他隔着我要和莉莉玩游戏，假意输了好几局，猛喝了几杯酒，最后可怜兮兮地看着莉莉说："没想到姑娘是高手啊，认识一下吧。"

莉莉迟疑地看了我一下，我回看了一眼邵嘉盛，他却飘忽着移开了目光。

我点了点头，正因为我点了这次头，我觉得我欠她一辈子。

于是李牧成了崔莉莉的男朋友。我一直觉得，穷人就不要跟有钱人谈恋爱了，幸福值太低，完全没有被包养来得轻松。

何况结局都一样，戛然而止，都没有未来。

而崔莉莉其实不能算多么穷困的大学生，她其实挺小康。她接礼仪，当模特，甚至还见缝插针地挤时间给人当枪手。我亲眼见过她拖着论文不写，熬夜写稿，她说一旦拖过稿，以后就没活了。

但我还是看着她累。比如说，李牧这周请她吃个三千的日料，她下周非得回请一千的粤菜；李牧随手在半岛给她买个包，她非得在新天地给他买件衬衣。李牧不是没有阻止过她，可崔莉莉非要，抢着买单的时候就差把人民币塞到服务生的手里。

她偶尔也会跟我抱怨："子鸣，我真的跟得太累太辛苦了。"

我对这样的矫情逼从来都是反唇相讥："你是不是有病？他能不知道你有几个钱，非要装特别是不是？"

"你不懂，我是真喜欢他。"

"所以呢？"

"别的差距太大，这是我唯一的自尊。"

我笑了，"说得好像你们在物质上差距不大一样。"

莉莉也笑，像是自嘲一般，"这个起码能硬撑。"

可我觉得我理解她，是我有多喜欢邵嘉盛吗？也不是，至少我从来没有期待过他会有多喜欢我，而是每个人都得有能得到尊严的点。我的事在学院里流传的版本挺多，我知道；各种闲言碎语，我也知道；每年评选奖学金的时候更是不乏议论纷纷，"周子鸣那种人，还来争什么奖学金。"

可他们不懂，学习好是我唯一的救命稻草，是唯一让我觉得自己还是有尊严的救命稻草。所有人都知道我是被他包养的，我特么又不是傻，我只是在骗自己。

本科毕业的时候，我攒了40万去英国念书了。老实说，邵嘉盛给我的钱不算多，我还要维护自己看起来光鲜亮丽的生活，我跟了他两年，能攒这40万很不容易。

有人说我傻，你拿着这钱干什么不行呢，留学回来你什么都没有。可我就是拼命想离开这里，我本来以为，从此以后，与邵嘉盛与李牧，甚至与崔莉莉都再无交集。

可命运真的是说不好的东西，比如说在我出国前一个月，崔莉莉出现在我面前，开口就是借她20万。

真是笑话，我哪来的20万，借了她这钱，我就得在伦敦当应召。

我问她怎么了，她说李牧要去悉尼念书了，可能再也不回来了。

我说："他这是落魄到要你赞助路费了？"

莉莉扭捏着搅着手，"我想跟他一起去。"

我冷笑，"那也得是他出钱供你，我供不起。"

"子鸣，李牧家的事你也是知道的。"

我叹了口气，"20万你都活不过几个月。"

她说："子鸣，我求求你，我可以打工，我什么都能做。"

莉莉握着我的双臂一直在颤抖，我觉得她快哭了。

我还能说什么呢，我拍了拍她的背脊，"不着急，我想想办法。"

崔莉莉落到如此田地，完全是咎由自取，可是我有什么办法，这个男人是我点头替她招来的，我还是觉得我欠她。

李牧隔三差五在工体喝得烂醉，搂着不同的姑娘，她其实都知道；来无影去无踪，时不时手机就关机，她也忍；兄弟有个急事，跟她的约会鸽子说放就放。

我不止一次训斥过她："你这跟被包养有什么区别？起码邵嘉盛还给我钱。"

她反驳得一脸倔强，"李牧他是真的喜欢我。"

李牧总是能在人群中一眼认出莉莉，一脸宠溺地介绍她："我媳妇。"

既带着她出席大大小小的局，也带着她特地飞回老家吃他从小吃惯的早点摊。

去草原去海岛，也背着她走过北京的小胡同。

李牧是真的喜欢崔莉莉吗？

我看不出来，毕竟我从未被那样的人真正喜欢过。

我去找了邵嘉盛，我说你能不能借我 20 万。那时候我们断联了大概有三个月，最后一次得到他的消息也是旁人跟我说，他找了个戏曲学院的新欢。

他也没说借或是不借，反问我道："你准备怎么还我？"

那个瞬间我真觉得无力而羞耻，可我在他面前没有尊严那么久了，也不差这一次。"拜托了，我真的很需要这笔钱。"

他看了我良久，许久才说道："你要是替崔莉莉借钱就算了吧，挺好的姑娘，别跟着李牧了。"

我有些错愕。

他接着说："他爸就是个小官，跟错了人，说倒就倒的角色，只不过原先占了个肥缺，很是捞过一笔，当然，现在什么都没有了。"

"家里卖了他外婆的老房子，可能想让他在外面拿个身份吧，挺孤注一掷的。"

我没有接话，他突然转变了话题："听说你要去英国了，伦敦消费挺高的，这30万你拿着吧。"

说着，从抽屉里拿出了一张卡，似乎是早就准备好的。没等我说话，他又说道："我就不来给你送行了。"

我把这30万都给了崔莉莉。

理智告诉我邵嘉盛的话太有道理了。可我也知道，就是因为这话太有道理了，所以在崔莉莉面前更显得无力。就算没这笔钱，她也会找别的方法去。

可我知道，除了我，她不会向第二个人开口借钱。

我忍心让她饿死吗？

我都不忍心让她在我面前掉眼泪。

2013年夏末在首都机场与她别过的那晚，我大概永远不会料到崔莉莉的故事能走向这样的结局。

崔莉莉刚到悉尼那会儿，看得出是真开心，视频的时候还会嫌Skype照得她丑，非要换FaceTime。跟我视频还能那么在乎前置摄像头中自己的形象，想必真的没有别的破事在骚扰她。

她举着客厅插好的鲜花，"子鸣子鸣，看这是我今天打折买的花，你不知道悉尼的花可贵了，碰上打折真不容易。"

她给我看李牧在厨房炖排骨的背影，笑成了一个小傻×。她说她已经申上了护理专业，一毕业就能找到工作，到时候他们两个就在澳洲生活了，要生两个孩子，都认我做干妈。

我说好好好，就是不要嫌弃我这个干妈穷困潦倒，过年都给不了多少压岁钱。

崔莉莉笑嘻嘻地答道："要那么多钱干什么，生不带来死不带去的。"

我记得那天窗外的天很蓝，她笑得很灿烂。

可惜一个没有人作妖的故事，怎么也配不上扼腕这两个字。

李牧这个人，我比崔莉莉早认识些不少日子，我是在一旁静静地看着李牧从边缘走向核心的。那时候邵嘉盛什么局都挺喜欢带我，看得出来，刚开始的李牧就是那种朋友的朋友，嫌不够热闹带过来充数的。可他确实会做人，会来事，该买的酒水一次不落，能认的大哥就认，不该攀的关系也不乱攀，没过多久，他已经是酒局里经常能见到的人物了。

他到了悉尼也不例外，很快就混入了悉尼的华人二代圈。

他也不隐瞒，人人都知道他是落魄户的儿子，可他照样玩得开。

我收到莉莉发给我她坐在直面港口露台上的照片。我说你最近是找了什么外快，还能住怎么奢侈的酒店。

她的语音中带着笑，哎哎呀，是李牧朋友的公寓啦。照片里李牧搂着她，她的笑容明朗得像悉尼的好天气。

我看了眼背景中的客厅，怎么说也得是300方往上走的大平层。

我对莉莉说："你们最好不要再混这个圈子了。"

她仍是回得乐呵呵的，"李牧说了，他就是结交些人脉，以后好做事。"

崔莉莉似乎是知道我想说些什么，接着说："我知道你在担心什么，可是我已经很久没有看到他意气风发的样子了。子鸣，他本来就是应该这个样子的，我想让他开心。"

我想了半晌，到了嘴边的话还是没有说出口："嗯，那你照顾好自己。"

其实那句我咽下去的话是，可他现在已经跟不起了，人家是烧钱，你们得玩命。

当年，李牧追莉莉的时候，也的确是意气风发。

半夜开个超跑给她送外卖，就因为她随口说了句想吃小龙虾；突然出现在学院晚会的现场，请了庆功宴的全部酒水；碰上个屁大点的节日也要送礼物，从字母A开头的牌子送到Z。

他说我真是见不惯那些念个大学能谈七八个男朋友的女生。莉莉斜眼看他，哦，可是我两年谈了十个。他侧过头看着她良久，"不管怎么样，我都是第十一个。"

而邵嘉盛对我就简单粗暴得多了，吃了一顿饭顺便还谈好了价格。

也许，是我不值得吧。

我在想，崔莉莉对李牧就真的只有最纯真的感情吗？她其实也是享受这种光环的吧。可反过来说，哪个女孩不虚荣呢？

爱马仕是虚荣，难道动物园批发的碎花连衣裙就不是吗？

同一个楼梯上，大家站的台阶不同罢了。

可李牧的行为总让人觉得太迫切，说得好听点是新贵的局促，难听点更像是突然爆发后的游街。其实邵嘉盛远比他有钱，可他平时就开个 SUV，做得最多的就是默默把单结了。

直到偶然看到他家地库里一排形态各异的超跑。他对着惊讶的我说："我爸喜欢车，都是他买的。是啊，他不让我开，他说学生还是低调点好。"

他说，我知道我总会有，所以我不着急。

我一开始不明白，我们的故事里为什么总有邵嘉盛，后来我明白了，因为邵嘉盛就是钱，谁的故事里都离不开钱。

三月初的时候，我给他发了个信息："生日快乐"，用了我在英国的号码，没有署名。没想到，他竟然给我回了电，可他开口的第一句就让我暴跳如雷。

"崔莉莉是不是又找你借钱了？"

我潜意识里知道这只是再正常不过的一句陈述，可我还是气得发抖，"邵嘉盛，除了借钱，我是不是找你就不能有别的事了？"

他还是自顾自地说："周子鸣，你听我话，她的烂摊子你别接了，只会也毁了你。"

我终于开始露出迟疑与错愕，"你在说什么？"

再后来，我就得知了李牧的近况。

你知道人什么时候会绝望吗？当你明白你永远都不会有了。

这个道理，我也是很久以后才想明白。

李牧欠了一笔赌债。具体的数额没人知道，但他开口向邵嘉盛借 50 万。

他的原话是，这笔高利贷到期了，求求你帮帮我。

50 万对从前的李牧而言，真的不是什么大数字，而如今却能向一个早已走远的朋友求这个情。

平心而论，李牧是我认识人中最能赌的。我见过他上桌，不管是百家乐还是德州，身边的人没有人能玩得过他。我不是没有见过他一掷千金的样子，可我以为人至少都有自知之明。

"听悉尼的朋友讲，他刚开始也就玩玩 25/50 的桌，赢了不少钱，后来就成了无底洞。"

"我给了他 15 万，"邵嘉盛对我说，"如果再晚几年，我就帮他还了，可如今毕竟还是依附着我爸每月给的生活费，抱歉，我真的只能做这么多。"

我讪讪地挂掉了他的电话，突然意识到，我已经很久没有莉莉的消息了。

在这之前，崔莉莉也是过了一段富足的日子。社交网络上不是在海岛度假就是去冰川泡温泉，与二代名媛们并排坐着笑，看不出有半分差别。

她的笑容自然又惬意，活生生让人错以为回到了从前的时光。

我只道是落难王子的时来运转，却从未料到有这样背后的故事。

我给她打了电话，"你现在好吗？"

莉莉的声音很疲惫，"子鸣，好久没联系了。"

我叹了口气，"莉莉，我想找李牧聊聊。"

她突然就哭了，"子鸣，你说，这一切都还能从头来过吗？"

李牧跟莉莉已经分居了，为了躲债。除了在朋友圈中欠了上百万赌债，更是在别处秘密借了 50 万的高利贷，追债的人跑到两人的住处闹得人尽皆知，公寓里能搬的都搬了，能砸的也都砸了，房东自然是"客气"地把两人请了出去。李牧把剩余的一些现金都给了莉莉，然后只身躲到了二代的公寓借宿。

前因后果大致就是邵嘉盛说的那样，刚开始小玩了几把，然后就收不了手了。

我质问崔莉莉："所以你一直都知道？"

"子鸣，我制止过他，我发誓我制止过他，"莉莉的声音带着哭腔，"可他说做人要讲道理，那些朋友确实是知道他的情况，可也不能死乞白赖混吃混喝。"

我忍不住破口大骂起来："李牧他好好地看看自己，他还以为是从前的自己吗？他这还能跟得起？公子派头能当饭吃？"

我从前觉得李牧算是个有克制力的男孩，可我还是告诫莉莉不要混二代的圈子。这世上其实是没有带不带坏的说法，而是人总是会要得更多、更多，甚至更多。

而我们的天真就在于，总以为看得到的就是能够得到的。

我一直以为李牧的悲剧在于他的虚荣软弱，可直到故事的结尾，我才明白，虚荣与软弱根本就没法走进这样的深渊。

我再得知崔莉莉的消息时，是她 FaceTime 了我，隔了九小时的时差，我看不清她在哪里，天黑得像被泼了墨，路灯依稀照出她的轮廓。

而我这里，却难得出了太阳。

她一句话也没说，开始号啕大哭。我也不做声，沉默地看着她哭。

不知过了多久，她嘶哑着说："我把自己卖了。"

崔莉莉第一次卖了 3000 刀。

她叙述细节时，特别的平静，像是在讲别人的故事。

从墨尔本飞来悉尼玩的双胞胎兄弟酒过半巡非得让拉皮条的找个良家，于是他就打给了莉莉。

这世上论眼毒，我只服皮条客。他既看得见炽热的欲望，也看得见走投无路的绝望，所以他总是恰逢其时地出现，出现得让人无法拒绝。

"我进了包间后，他俩都喝得差不多了，跟我谈能不能三个人，再给我加 1000 刀，"莉莉朝我笑了笑，"我竟然想都没想就同意了。"

中午的阳光那么好，我却冒出了阵阵的冷汗。她的笑容里像带了刀，割得我心疼。我想起那个大学时代蹲在水房熬夜写稿的崔莉莉，想起那个从舞台上摔下来还要坚持站台的崔莉莉，想起那个被荆棘划伤双腿仍要摆出造型的崔莉莉。

怎么也对不上眼前的这个崔莉莉。

"崔莉莉，你疯了。"我面无表情地说道，"你告诉我，你疯了。"

她的眼泪突然就决堤了，"我有什么办法，子鸣，我又有什么办法？"

"我难道要让李牧去死吗？"

"你特么缺钱跟我讲啊！"我朝她吼道，"你特么会不会跟我讲？"

她的眼泪不停地掉，"你除了跟邵嘉盛要钱，你还能怎么样，去卖吗？"

"与其让你卖，不如我卖来得直截了当。"

我很想开口骂她，起码也得指责她什么，可是我什么都说不出口。

一直以来我做什么都太用力；而她呢，做什么都很无力。

那种任人宰割的感觉看得我难受。

李牧的高利贷到底还是没有还出来，他跟从前的朋友借了一圈，仍没有凑到那个数字。从前只消是一个电话的事，如今满世界地求人而不得。不是这个世界捧高踩低，而是他早已没有了开口的资格。

毕竟，谁都不欠你。

追债的人如今也不兴砍手砍脚了，只是把李牧在国内亲戚的所有资料都甩在他面前，"你自己选吧，反正也不是很大的数，国内讨一圈也就讨回来了。嘿，说不定还不用一圈，指不定家里还藏着金条呢。"

当年李牧父亲判了死刑立即执行，在他老家，也是轰动一时的新闻。可他母亲愣是没有掉一滴眼泪，当天领了他父亲火化的骨灰，隔天就卖了老母亲的房，"李牧，家里全部的钱都在这里，能混得怎么样，全是你自己的本事了。"

"我妈平时屁大点事都要乱喊乱叫的人啊，可我爸死的那天一滴眼泪都没流，我就一直看着她，真的一滴都没流。"

李牧父亲这整个事，所有人都不敢在他面前提起。而自始至终，他所说过的唯一关于这事的，也只有这句话。

于是李牧下跪了，不光下跪，还不停地磕头，"再给我一星期，拜托了，我只要一个星期。"

说着说着，崔莉莉又哭了，"子鸣，那可是李牧啊，他怎么能下跪呢？"

我想起了从前一起出游的场景。自驾游在外省与当地的车主起了剐蹭，对方仗着人多不分青红皂白地开始敲诈与辱骂，一言不合，不由分说地开始打群架。

邵嘉盛在少年心性方面一向不行，早早地就开始奉行能用钱解决的问题就让钱解决。所以，这场群架几乎是李牧以一敌三打下来的。最后警察到的时候，对方三人完全把他按在地上打，可他就是死活不道歉，邵嘉盛在一旁怎么拉都拉不开。

我已经分不清他脸上的血水与泥水了，可我记得他的眼睛，透着少年晶亮又倔强的光。

"我和他说，算了吧，跟家里坦白吧，我们回国，这钱我们慢慢还，总有还完的一天，"莉莉的眼睛里空空的，没有一丝丝的神采，"他说不行，他妈妈会死的，他妈妈真的会死。"

"我还记得他当时说话的神情，太吓人。"

"我想不到别的办法，子鸣，"崔莉莉恍惚地看着我，"你说，我这样是不是很脏？"

我愣住了，过了许久才回答道："我卖给了邵嘉盛两年，你说我脏吗？"

她一下子笑了，竟也不是那种苦笑，而是少女般地咧开了嘴，"不脏，子鸣，我们都不脏。"

然后便是长久的叙旧。我告诉她我过得很好，新交了一个男朋友，在伦敦有房，我的开支很少，有急事务必要让我知道。

她说好，以后什么都告诉你。

莉莉道别前，突然小声说："他有没有想过，我也会死？"

邵嘉盛去澳洲度假的时候，见了李牧一面。

李牧非拉着他组了个局，百亿二代们来了好几个，身边的野模从日韩到欧美，叽里呱啦说着乱七八糟的语言。大家在酒精的刺激下称兄道弟，李牧时不时地插科打诨一下，仿佛又是当年工体的样子。

而李牧身边带了一个姑娘，却不是崔莉莉。

已经酒精上脑的邵嘉盛也不管那姑娘，随口问他："崔莉莉呢？"

那个瞬间，李牧失神了，半晌才憋出一句："管她，谁知道呢？"

接下来玩游戏的时候，他输了一局又一局，一杯又一杯地灌。到了第九杯，还没等李牧伸手，那姑娘已经举起酒杯，三两口喝光了杯中酒，"我替他喝。"

李牧连忙夺下她的酒杯，"你他妈是不是有病，怀着孕你喝什么酒？"

那个时候邵嘉盛其实已经喝得走远了，可仍旧听进了脑子里。

散场后，李牧直接吐在了洗手间。

邵嘉盛问他："大半夜的，你就这么放心让那怀着孕的姑娘自己打车走了？"

"我操，孩子他爹都不担心呢，我在这儿瞎担心什么劲。"

李牧跟那姑娘搭伙过日子已经有一阵了，他是夜夜以赌场为家，而她则是莫名其妙怀了孕，也不知道孩子的爹是谁。

然后，崔莉莉就来了。她什么话也没说，进门先去浴缸放了水，把烂醉的李牧从污秽的呕吐物中扶了起来，一件件地脱掉了他的外衣，一点点地擦拭着他的身体，替他洗澡。

可李牧一点都不领情。他朝她咆哮道："谁他妈让你来的？你给我滚啊！"

崔莉莉也不理他，继续手上的动作。

"是我，"酒精让邵嘉盛的头很沉，但他还是强忍着困意说道，"是我把她叫来的。"

"你给我滚啊！"李牧还是对着莉莉吼叫，"你他妈但凡有一点自尊，你就给我滚！"

莉莉表现得很平静，她缓缓地答道："好，我走。"

于是她最后替他穿好了浴袍，对着邵嘉盛说道："麻烦你照顾他了。"

然后拿起包，转身就离去了。

邵嘉盛从澳洲回来后，给我打了个电话。没什么寒暄，开门见山地说："李牧如今完全就是个今朝有酒今朝醉的赌徒了。"

我说怎么了，于是他详述了所有的细节。

"他开三万刀一晚的总套，抢着买晚上的酒水，眼睛都不眨一下，只有看不见来路的赌徒才会这么花钱。"

我笑了笑，"我没有兴趣，我只关心莉莉。"

然而邵嘉盛给我的盖棺定论却是，"崔莉莉已经毁了，她这辈子就烂在李牧身上了。你知道那晚我是怎么跟她说的吗？我说，李牧喝醉跟一姑娘开房，吐了一身，你方便过来一下吗？"

我的第一反应是愧疚。

邵嘉盛说每个人的选择都是自己做的，这事就到此为止吧，周子鸣你别把自己搭进去了。

我在想，要是邵嘉盛没有总是摆出一副永远理智冷静的样子，说不定我早就爱他爱得死去活来了吧。

他总是觉得他了解我，他看透了我，他在救我。太理智的人不可爱，觉得全世界都应该理智的人更讨厌。

道理我比谁都明白，崔莉莉的故事我有错吗？推脱起来，我什么错都没有；可深究起来，我哪一步都是错的。

更何况，崔莉莉是我的朋友啊。

我当然应该觉得愧疚。

得知我要去澳洲找她的信息时，崔莉莉是慌张的。不是时间紧迫准备不周的措手不及，也不是多年老友终要久别重逢的无所适从，她支支吾吾说不出话来，像是做错事还来不及掩盖罪证的孩子。

"莉莉，你说过，什么事都告诉我。"

她沉默了很久很久，"我在做错事，我知道是错的，可我不知道我什么时候才会想停。"

她和李牧分手了，她现在在布里斯班。

电话那头的我简直高兴地要跳起来，我说，太好了，莉莉，你不是想从头来过吗？就从那里重新开始吧。

她叹了口气，"哪有那么容易。"

我到布里斯班的时候，崔莉莉正在上班。她说，等你快到Redcliffe，有个大桥，下桥有个工厂区，你在大路进口的麦当劳等我吧。

我笑着说，什么地方啊，这么神秘。

她说，我现在是 escort① 了。

我一下子收住了笑。

于是我在时隔一年后，见到了崔莉莉。

她比我想象的状态要好些，底妆上得不错，腮红称得气色很好。可她的眼睛里却都是疲态，唯一的光亮也只在刚见到我的那个瞬间一闪而过。那双眼睛，像灰蒙蒙的雾霭，死寂死寂。

---

①意为"伴游"。

本来，在来澳洲的路上，我想了很多很多。我想过该怎么劝崔莉莉走出情伤，我想过该怎么带着她回国重新开始，我甚至想好了措辞，"等我拿到毕业证，我就搬来跟你一起住，没有人再能够伤害你了。"甚至飞机刚落地的刹那，我还在想，带她回国前，我们一起再没心没肺什么都不要想地疯玩一圈吧。

可惜，当下面对着这张熟悉的脸，我却说不出一个字。

她也没有说话。

不知道过了多久，我把面前的薯条递了过去，"吃薯条吗？有点冷了，我再买一份吧。"

她却一把抓住了我的手腕，用力得我都觉得疼，"子鸣，我们回家吧。"

她如今的住处偏得要命，空间很狭小，房子很旧，她倒是收拾得还算干净，唯一的优点可能就是便宜吧。崔莉莉简单地做了个炒饭，两个人就这样相对无言，默默地吃完了晚饭。

我先开了口："怎么来布里斯班了？"

"悉尼什么都贵，这个稍微好一些，主要是……"她突然欲言又止，停下了洗完的动作，看了我好几眼。

"主要是这里没人认得我，"随即她又移开了目光，"我现在算是职业卖吧，你说要是朋友都嫖过自己的前女友，李牧是不是挺没面子的？"

"莉莉……"

"你什么都不要问我！"她瞬间激动起来，"我不知道，我什么都不知道，我现在什么都不能想，什么都不敢想。"

崔莉莉突然怔怔地看着我，"子鸣，你说，是不是把钱都还清了，就什么都好了？"

我一下子不知道该说些什么，我有太多想问，太多想说，却都堵在了一起。

半晌，我朝她吼道："崔莉莉，你是不是疯了，你他妈还在替李牧还钱？你们不是分手了吗？"

她朝我笑，嘴角带着讥讽的笑，可我觉得她似乎下一秒就能哭出来，"是啊，他让我走，让我滚，他说崔莉莉你不懂吗？这年头流行的是大难临头各自飞，不是什么苦命鸳鸯浪迹天涯。"

"他说，我不兴出个轨演个我不爱你了的戏份赶你走，我跟你说实话，你跟着我，你所想的，所愿的，什么都看不到，而且是永远看不到。

"不是我有多爱你，是我不想负责，是我自私又怯弱，却还想有良心。

"总之是我李牧欠你，你现在走，让我好受点，拜托你，求求你走吧。"

她走近我，熟练地点起了烟，"话都说到这份上了，我就是想演同生死共患难，也少了男主角。"

"那你现在是在救赎吗？是在做慈善吗？"我不禁激动起来，"崔莉莉，李牧他就是个渣滓，是滩烂泥，但凡你能说出一个他的好，我都让你去找他！"

她突然兀自笑了起来，是那种发自内心又很温柔的笑，"你不知道，他脆弱的时候就像个小孩，他离不开我的。"

如果说太理智的人不可爱，那太感性的人就是大傻 × 。

"子鸣，我跟你不一样，我喜欢上一个人太难了。飞蛾扑火是很傻，可飞蛾能扑火，至少它还有火。"

我觉得她说的有道理，可我还是觉得她傻透了。

其实我对邵嘉盛是真的喜欢，对免我房租的现任也是真的喜欢，对从前每一个男朋友都是真的喜欢，可我的喜欢太容易，所以他们都只能是过客。

洗完澡，裹着浴巾从洗手间出来的崔莉莉把我吓了一跳。她从前就很瘦，如今更是瘦得不成人形，四肢细得能看见骨架，肩胛骨和脊柱突出得吓人。

而卸妆后的她，面色蜡黄蜡黄的，黑眼圈很重，嘴唇又是那样惨白。

所有人都说，崔莉莉不如你周子鸣独立坚强，放屁，你们知道什么，我缺钱从来就只会跟男人要，而莉莉只会想着自己去挣。

但凡她能学一分我的不要脸，都不会把自己弄到这般田地。

崔莉莉最后到底还是离开了布里斯班。不过，与我的规劝没有一分一毫的关系。

李牧似乎是赌场赢了些钱，同哥们几个来黄金海岸度假了。可他们的娱乐能有什么呢？无非就是黄赌毒。

于是，李牧就坐在沙发上，在众目睽睽之下，在鱼贯而入的小姐中，看到了向他"say hi"的崔莉莉。他铁青着脸，一动也不动，崔莉莉也愣住了，挥在半空中的手都忘记放了下来。

那都是些从前在悉尼的熟人，崔莉莉认得他们每一个人。大家都不约而同地安静下来，目光不知道该往哪里放，可能余光都在偷偷地瞟着这二人。

经理却不知所然地开口道："这位先生可是挑好了？"

李牧冷冷地说："好了。"

经理立刻笑着说："那赶快替您安排房间，来，这边——"

未等他说完，李牧强行拉过崔莉莉，随手打开一个房间，反锁上了门。

李牧死死地把她扣在墙上，一声不吭地盯着她看。

崔莉莉把头别了过去，"事情就是你看到的那样，我也没什么好解释的。"

李牧的劲道一松，放开了她，在床沿背过身坐了下来，"我没想听你解释。"

也不知道隔了多久，他才缓缓地问道："所以，你给我的那些钱，你说你跟周子鸣借的钱，都是这样来的，是吗？"

崔莉莉也背着他坐下了，她没有否认。

李牧几乎是瞬间把她拖了过来，三两下除掉了她的衣服，崔莉莉枯瘦得像一株野草。他掐着她的腰，似乎一用力就能掐断似的，从前饱满又弹性的肌肤如今都失了水，形式般覆在肋骨上。李牧一寸寸地抚摸着她，小心翼翼，像是一碰就会碎的瓷娃娃。

最后，他埋在莉莉的颈窝里，闷闷地说："我好想你。"

莉莉环住他的背脊，还是沉默。

"我们结婚吧。"

李牧的声音不大，似乎是怕她没听清，又说了一遍："莉莉，我们结婚吧。"

崔莉莉觉得前胸潮潮的，也不知道是汗还是眼泪。

回了悉尼后，李牧立刻从朋友家搬了出来，找了一个小房子，算清了每一笔在朋友圈的债，写明了每一笔的借条，隔天就找了份送外卖的兼职。

他拉着崔莉莉的手，走过了悉尼大桥，全程没有松过手，"崔莉莉，我永远不会再让你离开我了。"

莉莉说，她又重新申请了护理专业，语言班的钱也正在攒，虽然每周要打三份小时工有点忙不过来，可是薪酬都很理想。现在每周和李牧逛逛超市，得了空去海湾跑一圈，每当看见落日，觉得世界还是很美好。

我至今仍记得李牧那句可笑的话语："崔莉莉值得我为她，也为自己的人生负责。"

你觉得爱与牺牲到底有多伟大，我问你。一直以来我就是个悲观主义者，世界本质悲剧，反而一切不幸都要看得开。但我仍相信爱，因为我见过，我觉得很美好。

我一直在想，这么伟大的爱与牺牲，这么值得古往今来不断歌颂的母题，一定有化腐朽为神奇的力量吧。

你觉得崔莉莉的爱与牺牲伟大吗？我再问你。

你不用答，因为一切徒劳，这是赌徒已给出的可悲的答案。

李牧的消停都没撑过三个月。

手上有了点闲钱，路过赌场的时候，偏偏没忍住。输了想翻本，临时借了5000刀，自然，最后一分都没剩下。

就是这区区5000刀，从前几百万的劫都逃过了，最后死在了这5000刀。

崔莉莉跟上家说，有没有来钱快的活。

于是她最后就死在了这单 in call 上。

崔莉莉被救护车从公寓里抬出来的时候，早已没有了心跳和呼吸。医护人员赶到时，她全身裸露着，遍布着红肿与淤青，胸口还满是被烫伤的焦痕，腿上是鲜血已凝固的刀割的伤口。

从未磕过药的崔莉莉，却死于药剂过量。

你说，这世上怎么能有那么畜生的事呢？这世上怎么能有那么畜生的人呢？可它就是有，就是有。

我见到李牧的第一眼，拼尽了全身力气给了他一个巴掌，"你满意了吧！现在你满意了吧！你把莉莉还给我啊！还给我啊！李牧，是你他妈该去死啊！"

他一直低着头，任我打骂，一声不吭。

那个晚上，是我和李牧坐在太平间椅子上度过的。那个时候大概我的眼泪也流尽了，我不觉得害怕，竟也不觉得有多难过，而是感到一种无力的累。

我问了他一个世界上最俗的问题："你告诉我，你是真的爱过她吗？"

李牧终于把头抬了起来，侧头看着我。我看着他的眼睛，什么都没有，悲伤也好，绝望也罢，空洞洞的一片。可是他说：

"我愿意用我能有的所有来换回她的命。"

我才发现，自始至终，他都没有掉过一滴眼泪。

"我从前觉得绝望过，正因为我有过，所以才懂得什么东西是我永远都不会有了；我从前还觉得我妈薄情，女人都心狠，"他竟然顾自笑了起来，"哈，原来，死了才是什么都没有了。"

他一动不动地看着我，"周子鸣，一个人，怎么能这样说没就没了呢？"

我想起那个李牧越过我问莉莉认识一下的晚上，命运是件最说不好的事，仿佛早就按响了死亡的倒计时。

可上天为什么就不能公平点呢。我一直觉得我们这群人，把自己的日子折腾成这样，是会有报应的。如果说现在是李牧死了，我最多每年给他烧张纸；或者是我死了，我这辈子虽不苦但也不是什么好人，况且没什么留恋的人，没了也不可惜。

可这报应为什么偏偏落在了最干净的崔莉莉头上。

我最后一次见到李牧，是莉莉下葬的那天。

墓碑是他题的"我爱过这个人"。

此后，便再无讯息。

我的潜意识告诉我，我没有错，都是李牧的错，我不应该愧疚，可我又能怪他什么呢？

邵嘉盛说的没错，每个人的道路都是自己选的，谁也怪不了谁。

只是莉莉啊，从前我都舍不得让她流一滴眼泪的莉莉。

我永远都等不到做她孩子的干妈了。

"我要生两个，都认你做干妈好不好？"
"好好好，就是不能嫌弃我穷困潦倒啊。"
"要那么多钱干什么？生不带来，死不带去的。"

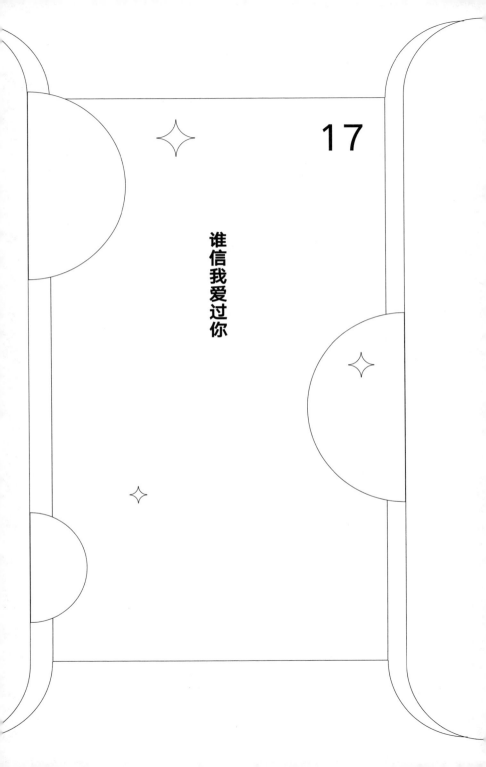

17

谁信我爱过你

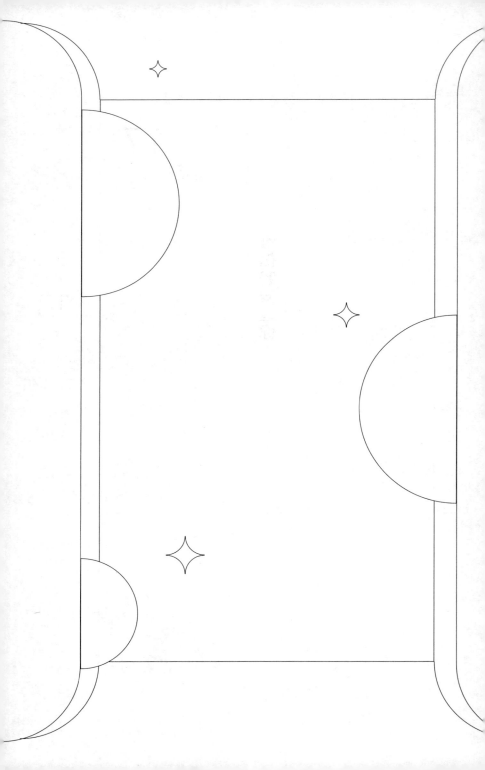

一

　　直到很多年以后，我才意识到当初与邵嘉盛的相识可能算是遇上了坏的时机，可惜，我们也不知道所谓更好的相遇能有多好了。

　　宋凌的火锅局是我第一次见到邵嘉盛。

　　北京的冬天天寒地冻，她说你下班后顺便来吃个饭吧。

　　宋凌在我们的故事里算是一个新名字。可在我的人生里，却已经走过了二十年。宋凌是我光屁股长大的发小，我们念同一个小学、同一个初中、同一个高中，大学也一起去了北京。她父亲跟我爸当年也算是点头交的同事，自然也一起从国企下了岗。所以，当她漫不经心地说："哦，还有个朋友在，你介意吗？"我下意识地认为这又是宋凌哪个无产阶级的酒肉革命友谊军。

我至今还记得邵嘉盛见到我的第一句话。

他替我拉了椅子，半笑着对宋凌说道："难得你这满口跑火车有句实话，小姑娘还真的是挺美的。"

宋凌直瞪他，"有你这么说话的吗？以后我还能不能带姑娘出来了？"

说着向我介绍道："嗯，邵嘉盛，就是我那个邵伯伯家的哥哥。"又把手指向了我，"周子鸣周大美人，你不是一直想见嘛，就了你的心愿。"

我的确是一直听说宋叔叔有个很有出息的发小，下岗后甚至算是半工半养给他在自家公司谋了个职位。也一直听宋凌提起那个比她大了几岁的哥哥，我们来北京上学后，那哥哥也没少带她吃喝玩乐大保健的。可我一直以为那是个永远只会出现在对话中的人物，如今这突然的活人迸现，刚想伸筷子的手不知所措地停在半空中。

邵嘉盛倒是自然地接过话来："这么早亮我的底牌，是不是有点不够朋友，大兄弟？我就问你能不能在人家姑娘面前给我留点面子？"

"你这，"宋凌替我夹了片牛肉，"刚认识就想撇下我跟美女套近乎啊？"

于是接下来的一个小时成了这两人互相揭露彼此"小秘密"的批斗会，我既习得了"如何讨喜地从父母处骗钱"又习得了"如何快速讨女孩子欢心"。

不得不说，那晚是我见过话最多的邵嘉盛。

而我只是坐着，本以为他只是这两个小时的过客。

我再次和邵嘉盛见面，还是因为火锅。

那段时间也不知道宋凌是抽了什么风，隔三差五地来学校找我吃食堂的自助小火锅。这火锅除了便宜，我还真的找不出第二个优点，可就是经不住她爱吃，每周吃撑的频率难为她过了几个月才中了急性肠胃炎的招。

那时候我忙着在医院焦头烂额，既当爹又当妈，门诊缴费拿药打点滴，恨不得能长出第二双腿。若不是身边吐得一塌糊涂的宋凌正好叫住我，大概是万万不可能注意到邵嘉盛的出现的。

"子鸣，我太难受了，你摸摸我，我是不是发烧了？"她无力地扯着我，又朝着前方干呕了好几下。

我掰正她的身子，伸手摸了摸她的额头，只见她"哇"的一声，吐在了塑料口袋里。

"子鸣，我……我……"她又是一阵呕吐，引得旁人纷纷侧目。

我连忙把她架到了椅子上，"你再坚持会儿，我现在就去排队挂号。"

然后我就瞟到了邵嘉盛。老实讲，邵嘉盛跟好看唯一沾边的可能只有个高，可我那天破天荒的一眼就瞟到了他那张平淡无奇的脸。

我的第一反应就是向他求助。

我一直以为自己习惯向别人开口求助是那些年"卖"出来的厚脸皮，其实回过头来看看，这特么都是早就写好的章节。

"嗨，你怎么也在医院？"我叫住了他。

邵嘉盛竟然有点懵，一副心不在焉的样子，甚至都没有看到坐在长椅上的宋凌，"哦，是啊，来看个病人。你呢，生病了？"

"宋凌上吐下泻的，头还一直疼着，也不知道什么时候能看上病……"我一脸为难地看着他。

他的目光落在了宋凌苍白的脸上，立刻说道："你等等，我看看能不能想想办法，这队伍也太长了，你们就在这儿坐着等我吧。"

于是托了邵嘉盛的福，宋凌在脱水前输上了液。

现在想想，当初这一段有那么多老天爷给我的提示，可惜我命苦，永远看不清上天送的助攻。

然而崔莉莉都死了，我还在一边大幅回忆这邵嘉盛，我大概可能是真的爱过他。

这次回国，也就被两件事吃了一惊。

一是崔莉莉的母亲拒绝收她的骨灰。难为我为这还与李牧撕破了脸皮，当然在他眼里我们可能早就分道扬镳了。因为付不起墓地，莉莉目前还供在我房里。

二是宋凌订婚了。宋凌一直喜欢女人，还不是可以喜欢异性的那种。打自我记事起，这个未婚夫是唯一的异性对象，何况她还有个大学生死恋，我觉得宋凌是可以为她去死的。

我一向认为同妻是这个国家最无奈又无耻的文化产物，如今同夫迎头赶上，大抵是不能算作"女权的胜利"的。可是谁知道呢，万一她就是为了这男人转了这二十多年的性呢？这些年身边的故事轮转，无非是知道了性取向是这世上最不可捉摸的"事实"之一了。

跟宋凌见面是回国一周后的事情了，她非要大老远开车来接我吃饭。

　　"所以崔莉莉那事，都是真的？"扯了半天家常，宋凌突然一改嘻嘻哈哈的画风，小心翼翼地问道。

　　我转头看她，"你都知道哪些事？"

　　她连忙打哈哈，"你要不想说，可以不说可以不说。"

　　我朝她笑了笑，"我会告诉你整个故事，不过跟坊间流传的版本可能不一样。"

　　宋凌似乎长吁了一口气，连忙问道："听说她是上门服务死的？"

　　"嗯，那人就是个禽兽。"

　　"天哪，天哪天哪，"宋凌连连叹气，"我还以为，我还以为，这怎么可能是真的呢？她可是崔莉莉啊。"

　　"要说这一年教会了我什么，大概就是所有的事情都能往不可控的方向发展。"说着，我疲倦地闭上了眼睛，"及时行乐吧。"

　　"哈哈哈哈，"宋凌大笑起来，"你倒是嘴上挺会说，真乐个给我看看呗？"

　　我也笑，接过了话茬："你这还有关心别人的闲暇？你那个订婚是怎么回事，这种事我还要从别人口中听到，你是不是太不把我当朋友看了。"

　　她一下子收住了笑，"凑合着过日子呗，我有什么好说的。"

　　"你这样对得起人家男孩吗？"

　　她有些不耐烦，"我们的关系跟你想的有点不一样，下次再细说吧。"

"那李心墨呢？"我追问道，她就是宋凌那个倾其所有的"生死恋"。

她叹了口气，"不知道，她好像有新的女朋友了。"

说着，转移了话题："不说这个了，你上回回国不是一直想吃那家日料没座吗？我今儿个为了你可费劲才定着那位子呢。"

然后，我就在那半昏暗的包间里见到了邵嘉盛。

他侧头在接电话，半张脸隐在黑暗里，袖口露出了半截手腕。纵使长久未见，只站在门口我都认出了他，何况我从未见过第二个男人有那样好看的手指。

我面无表情地看着宋凌。

她竟然完全没有读懂我的表情，拉着我进了门便刺啦啦地说道："哎，嘉盛哥哥，你今天跟我吃饭竟然不迟到，真难得。"

"子鸣，你坐你坐，"她又朝我说道，"我们三个怎么说也有小一年没一起吃过饭了吧，上次见面是不是还是在伦敦啊？"

我把宋凌拉到了一边，"你是不是今晚早就约了他？"

"没有啊，临时约的，"她突然像恍然大悟一般，"难道你们又撕逼了？明明去年吃饭的时候还是一副分手后还是朋友的样子啊。"

我好想扔给她一句"我们这叫分手吗"。我们这叫包养结束。

邵嘉盛似乎打好了电话，朝我打了声招呼："子鸣，确实许久未见了。"

宋凌见我脸色有些难看，连忙在我耳侧说道："其实这事吧，是他拜托我约你见面的。"

说着又像是打圆场扯着我在她身边坐下，"这不是子鸣刚回来嘛，先上菜吧，有什么话我们慢慢说。"

可惜这整个晚餐都吃得了无声息，纵使宋凌使了浑身解数抖机灵讲笑话都救不了我与邵嘉盛之间无解的尴尬。

半晌后，宋凌像是放弃了一般，朝他翻了个白眼，"嘉盛哥哥，要我帮你约子鸣的是你，现在沉默得像块木头的也是你，我吃个饭不是为了来看你们两个冷战的。"

于是他开口了："怎么不接电话？"

他没有看我，但我知道他问的是我，"哦，我换号码了。"

"嗯，有空给李牧回个消息吧，"他似乎怕我不明白，又补上道，"他现在挺急的，不然也不会找上我。"

"那就麻烦你顺便告诉他，"我抢白道，"这事确实是我做的，我也不会给他回电话。"

邵嘉盛轻叹了一口气，"你干的这事，他是能起诉你的，李牧毕竟是崔莉莉合法的丈夫。"

一边的宋凌满头雾水，疑惑地朝我张望着。

"我把莉莉的骨灰带回国了。"

"什么？"宋凌睁大了她那双本来就大的吓人的眼睛，"那你就这么放在家里？"

"嗯，不然呢？"

"我打断一下，不是带，是偷。"邵嘉盛插嘴道。

我的怒气一下子上来了。老实说，这些天已经耗去了我所有的喜怒哀乐，只剩下旁人眼中近乎荒诞的平静。可这平静，只消得他这一句话，就消散得无影无踪。"李牧他有什么资格来安排莉莉的身后事？难道莉莉连死后远远地躲开他都不行吗？"

"你这是在犯罪。"邵嘉盛的语气还是一如既往的平和。

"让他起诉我吧，"我抬头对上他的脸，"但是他这辈子下辈子，休想再得以见到崔莉莉。"

我看到他缓缓地闭上了眼睛，"周子鸣，你能不能在蹚浑水的时候学几分对自己的薄情？"

"这事，你还嫌折腾得不够吗？"他继续说道，"你要觉得我说话还有几分道理，就听我一句劝——"

"不用，这事我已经想好了，不用你们任何人来管我。"

他突然就冷笑了，"怎么，准备找戴祈来替你收摊吗？"

听到戴祈的名字，我以为我会慌乱，然而竟是出乎意料的平静。戴祈确实从未跟我提过邵嘉盛的名字，可这两人若是相识，确实也是一件合乎情理的事。

"我跟戴祈已经没有关系了。"

"哦，是吗？"他侧头反问道，"你想必也不知道他回国了吧。"

这时候我反倒冷静得有些反常，"邵嘉盛，你这么说话，真的很没有意思。"

他对我说："周子鸣，你要什么你可以换，但你不能骗。"

"呵，"我笑了起来，"我在你心里到底是个什么人？"

他没有说话，半晌，又突然绕回了莉莉的话题："既然骨灰已经在你手上了，就好好跟李牧谈谈吧，就当给他个机会。"

我直直地盯着他看，重复道："我在你心里到底是个什么人？"

他低低地吐出三个字："不重要。"

其实我潜意识早就料到这个答案，甚至更糟。但我控制不住地想要问他，而我的追问让人承认了我对他的期待，这个结果远远比这个回答更糟糕。

"你们这是怎么了？"全程目睹我俩的宋凌在一边又惊又急，半晌才插进来一句话，"你们这，怎么跟我想象中的老情人相会不大一样啊？"

我牵过她的手，"我们走吧。"

她扫了眼邵嘉盛，又看了看我，朝我点了点头。

二

于是我俩最后坐在街边各自吃着碗里的鸭血粉丝汤。

"子鸣，这事是我对不住你，我真的不知道你跟他这样了，不然打死我都不会帮他约你的——"

"唉，没事，"我不停地往外挑葱，"毕竟你们一直是朋友，关系也挺好，他跟你开了这个口，我也理解。"

宋凌叹了口气，"其实吧，我就是觉得你们两个还有机会。"

"我一直觉得你们挺合适的，从前那段——"她突然欲言又止了，"真的，你们就是缺一个重新开始的机会，真的。"

我笑了起来，"你是不是忘了，我是卖了他两年？是卖啊，不是谈恋爱。"

她突然严肃起来，"子鸣，你听我说，其实邵嘉盛他比你想象的要喜欢你。"

我继续埋头挑葱，也不抬头，"哦。"

"我那么认真再跟你说话呢！"

"那他今晚说的话，你倒是没听到？"

宋凌不耐烦地摆摆手，"藏得再深的人，碰到你这样的，不也得放几句狠话啊？"

我反问她："可你见过邵嘉盛放狠话吗？"

她低头想了想，然后朝我点点头，"嗯，确实没有。"

可她倒胡搅蛮缠起来，"我不管，我就是觉得你俩适合！"

"你拉到吧你，快吃你的鸭血。"

宋凌还是不依不饶地列举证据，"就说你在英国这一年多，他替你擦了几次屁股？"

她见我还是沉默，继续说道："我就不说戴祈前女友给你整的那些幺蛾子了，就单单那次在法国，要不是他出手，你那出被抢劫的悲剧怎么也得多演会儿吧。"

我等了会儿，见她不准备往下说了，慢慢说道："那是因为他欠我。"

"得了吧，"宋凌笑了，"你以为人的愧疚感能有多久，若是不喜欢你了，都是一阵子的事，随便麻烦他什么事就兑换没了。子鸣，邵嘉盛是喜欢你的。"

"你不知道他欠我的有多重。"

宋凌小声嘀咕道："他能欠你什么呀……"

我没有抬眼，"你觉得一条人命算重吗？"

宋凌呆呆地看着我，"你们之间——"

我打断了她，抬头又说道："既然说开了，有一个问题我憋了很多年一直想问你。"

我顿了顿，然而宋凌并没有接话。

"邵嘉盛当年为什么每个月要给我打钱？"我直勾勾地盯着她看，"他对我有优越感我理解，那他把你当什么？我可是你最好的朋友。"

她一下子说不出话来，良久才憋出一句："可能他想的不是你想的那样的。"

其实话一说出口，我就后悔了，我立刻握住了她的手，"你别往心里去，我只是，我不知道，我没有别的意思，宋凌——"

"我知道的，"她也握住了我的手，"我也从来没觉得我能跟他做真正的朋友，我只是觉得你是喜欢他的。"

我笑了笑，"是啊，我只是很喜欢过他。"

可能现在还是喜欢吧。

只是从前那个手握筹码的我都没有赢过，何况现在这个什么都没有的我。

我没有下场的资格。

要说我跟邵嘉盛在一起的契机，可能崔莉莉的作用比宋凌还大些。

自从在医院有了"过命"的交情，宋凌似乎很喜欢带我出席与邵嘉盛的聚会。我承认我参加那些聚会，大多是出于一个少女的虚荣心，可能还有一小部分的天真。悲剧总是根源于相似的理由，李牧与我的差别只在于现实对我更残酷一点，以致我能认清得比他早，死得也没他惨。

那时候邵嘉盛正在 top2 念一个他爸给他买的博士，身边自然也是这么一群非正常的"top2"圈子。好在我还有张算是不错的皮囊，也会讲几个笑话，再加上天生捧场王，场面上大概还是过得去的。跟着宋凌串过几次场后，邵嘉盛甚至会在一些不宜宋凌出没的场子上叫上我。

我很难说那个时候我没有激动，我甚至是小窃喜的。我其实暗自想过崔莉莉在澳洲时问我能不能重头来过的问题，也许她真的能，而我应该一辈子都会死在心比天高上。

我就是在这样的场子上认识的李牧，当然我认识他的时候，也不会想到会有抢同一个女人骨灰的一天。邵嘉盛自然是不可能告诉我李牧他父亲是个受贿到盆满钵满的大贪官，更不可能告诉我他父亲还是某个大老虎养的一条"狗"，所以我对他的第一印象就是张扬得好看，浑身散发着锦衣玉食贵公子哥们气息。

以至于我没跟着邵嘉盛之前，宋凌有天莫名其妙地问我，"你对邵嘉盛有意思吗？"还没等我回答，就自言自语地说，"唉，老邵长成这样，除了有个钱多的爸，真没什么好喜欢的，问了也白问。各种局还总喜欢带李牧，在李牧身边谁还喜欢他啊。"

说完，又暗自嘀咕道："还那么抠，跟李牧真是没法比。"

可我对李牧真的从未幻想过什么，甚至是邵嘉盛，那也是很久很久以后的错觉了。

再说到崔莉莉，我自认为勉强够得上美女的门槛，大学里要说长得好看的姑娘，我也只对崔莉莉服气。我跟她是在学校的一个晚会上认识的，顶着社会学院和经管系两大系花的卖点，同台做了一次主持。那时候我才上大一，又常年和宋凌混在一起，学校里的风云人物都认不清几个，直到在后台见到正在化妆的崔莉莉，才知道我们学校所谓的系花也不全都是我这样矮子里头拔高个的水货。那就是能配得上"恃靓行凶"这四个字的美貌，可惜她太要强，到死也没明白，靠脸吃饭跟靠脑子吃饭是一样的道理。

至此同台后，我与崔莉莉的接触便多了起来，大部分都是些社联和学校的活动。我是很愿意和莉莉搭档的，除了有些时候固执得犯轴，完全没有一名女主持应有的娇气，一来二去，也成了私下里的朋友。只是这姑娘真是忙，各项兼职轮流转，我也不算是闲得发慌的人，偶尔得了空约她吃个饭，不是趴在宿舍写软文，就是在哪个会议上站台。

那周一同从公选课下课后，我拿着下周要交的作业威胁她，"莉莉，这周你想要出门，可得先把这论文写了，不然就只能踩着我的尸体出去了。"

她不好意思地笑了笑，拖着我的手撒娇，"子鸣～哎呀，下次不会啦，我现在就回去写论文嘛。"

结果自然是如我所料一般，在 deadline 的前一天，上传的名单里还没有她的名字，打了三个电话才接，听背景音就知道，又在外面接活。

"你现在在哪里？"

她答得很急，竟然开口就问我有没有时间过去一趟，也不知有没有听出来我很冲的口气，"子鸣啊，我正想找你呢，你现在能不能抽时间来帮我个忙呀？"

我刚想提她应该交的作业，她又说道："万分火急的大事情！晚上一定好好谢你。"

我想了想还是说："行，你给我发个地址。"

要是我知道后来我会穿着礼仪的旗袍，梳着盘头，端着托盘见到 VIP 席上的邵嘉盛，我大概是一万个不可能出现的。

三

"哎呀，我的好姐姐，你终于来了。"我还没走进会场，就被崔莉莉拉进了偏门。

我简直一头雾水，"怎么了，火急火燎的。"

崔莉莉不好意思地吐了吐舌头，"帮我顶个人呗，有个小姑奶奶，说不来就不来了，这烂摊子直接扔给我！"

她越说越激动，"等这事结了，我，我，不在这圈子全面拉黑她这崔字倒过来写！"

于是我就莫名其妙地换上了标准的国资酒店大堂礼仪小姐开叉旗袍，还附带莉莉在耳边的谆谆教诲，"等下你就托着这盘子，跟着前面的姑娘走，她停哪你就停哪，很简单的。"

然后，就是与邵嘉盛尴尬的面面相觑。不过可能尴尬的只有我吧，毕竟一字排开面带假笑站在过道里的是我，而他是座位上还带着铭牌的 VIP。我也不知道几时散的场，只记得小腿站得又酸又胀的，主会场的人潮都散去后，才拖着步子回到了衣帽间。

我没想到的是，等我和莉莉收拾完出了门，竟看到邵嘉盛等在了门口。我还挺确定他等的是我，毕竟一见到我们就朝我扬了扬手，"子鸣，晚上一起吃个饭吧。"

我瞅了一眼身边的莉莉。她愣了一会儿，随即就是一副"我懂了"的神情，"子鸣啊，那你好好玩，我回去赶论文了。"

说着，还眨了眨眼，一边挥手一边一溜烟地跑走了。

邵嘉盛对我说道："没想到这么有缘，在这都能遇上。"

我挤出了一丝笑容，"是啊，怎么，今晚没安排吗？"

"哈哈，"他倒是难得的油嘴滑舌起来，"怎么会没有，刚看见你的时候就已经定了，就看我这贵客赏不赏脸了。"

我朝他点点头，"行啊。"

吃饭间，他似不经意地问道："你觉得我怎么样？"

我埋头吃饭，"钻石王老五，不夸张。"

他哈哈大笑，"别闹，正经点。"

我还是低着头，"怕说你坏话，不让我吃饱了。"

"喂，我能这么对你吗？"他伸手企图打我的脑袋，"宋凌那泼辣性的，不得把我整死。"

我枕着脑袋想了想，"嗯，我觉得你挺好相处的。人也不坏，比同龄人成熟很多——"

还没等我说完，他冷不丁地来了一句："那你愿意跟我在一起吗？"

我愣住了，不知道该把筷子伸到哪里。抬头看他，他正看着我，神情并没什么两样。

我笑了笑，试图缓解自己的尴尬，"大哥，你这泡妞无数的玩笑，可别开到我的身上来，我这种单纯少女，很容易当真的。"

"当真好呀，巴不得。"他随口接上，不给我一点喘息的时间。

"哎，明明刚刚还在说我挺好的，现在还在找借口，你这小姑娘，一点都不真心。"他见我不说话，又开口道。

我连忙摆手，"没有没有，你真的很好，我只是……"

"就陪我吃吃饭，说说话好不好？"他似乎变得严肃起来，"我是真的喜欢和你在一起。"

我看着他，点了点头。

而后，我在每个月都能收到他给我的打款，时间不固定，金额不固定，这样的随机性，让我无法确定自己到底是包养的情人还是被宠爱的女友。我曾问过宋凌，邵嘉盛这么做是什么意思，可她似乎每次都是急着马虎过去，"哎呀，他能有几个意思啊，给你就拿着呗，这点小钱对他来说，就是普通男朋友给女朋友发个 520 红包，这不就是人之常情嘛。"

我也曾旁敲侧击过邵嘉盛。他只是笑笑，"你平时上课也挺辛苦的，有了点空时间，我还老是要占用你，周末有时间多休息，站台什么的，真的太辛苦了。"

除了这样的场面话，再也得不到别的答案。

虽说大家都待在这北京城，我还大约算是社会闲散人员，可自这牛肉粉丝汤后，再次有人和我说起宋凌，竟是她的前女友。

那天照例是日照三竿，我正寻思着给自己做个早午饭，就接到了李心墨的电话。

"喂，请问是周子鸣吗？"

"嗯，我是，请问有什么事吗？"

对方像是松了一口气，"其实也没什么事，我是李心墨，我这也刚从别人那里听到你从英国回来了，有时间一起吃个饭呀。"她的口气并无半分异常，似乎还是从前和宋凌私订终身的样子。

"是啊，这不是刚回来吗，很多老朋友都没聚。不过一直听说你毕业后工作挺忙的，也不好意思打扰你。"我也笑着打马虎，绝口不提宋凌。

"哪有哪有，我这不也是怕你忙，现在才给你打个电话。不过，我倒是确实有一个小忙想麻烦你一下。"李心墨在对面一副欲言又止的样子。

我连忙接上话："你说你说，我哪有忙这个说法，都快闲出毛病了。"

"我这有一堆宋凌的东西，箱子都打包好了，也放了一段时间了，想问问你方不方便帮我交还给她。要是不麻烦的话，我找个你有空的时间给你送过来可好？"

我心里沉了沉，这两人的关系，竟是到了这样的地步。"我是完全没有问题的，就是让我代交真的可以吗？"

"那真的是拜托你了，"李心墨的语气很轻快，"我最近一个项目快收尾了，一直住在荣大这里，等我休假了立刻来找你好吗？"

"不着急的，要不还是我来找你吧，"我一想到自己最近这清闲的样子，再加上对宋凌这段生死恋确实感兴趣，又说道，"明后天你要是午休时间有空的话，一起去你家取一下吧。要是没记错的话，你家离西直门不远吧。"

李心墨略微想了想，"明天也行，不过那真的是太麻烦你了，等我忙完这段，一定请你吃饭，你到楼下给我电话可以吗？"

于是我就在荣大伟业的招牌下，意外地见到了戴祈。他和李心墨互相聊着天往外走，大冬天就穿了一件衬衣，像是穿了很久的样子，到处起褶子。

而我，大概也只能服气那条世界上最灵验的迷信"每当你打扮邋遢的时候总能遇见前男友"。

"嗨，子鸣，吃过饭了吗？"李心墨率先打了招呼。

我低着头猛点头，一边背过身快步往外走，企图不让戴祈看见我的脸，"早吃了，我们快走速战速决吧。"

她也立刻加快了步伐，一边朝戴祈挥手，"那拜拜了，要是我们老大问起我，说我上个洗手间马上回来！"

正当我庆幸没有被戴祈认出的时候，手机上闪了过一条信息，是戴祈。"这么忙，连打声招呼的时间也没有啊。"

四

我和戴祈的开始，更像是 high school sweetheart（高中甜心）的烂俗故事。

那时候我刚到伦敦，每天上课靠谷歌地图找教室，生怕多睡了五分钟就错过了一个亿。那天我又像个无头苍蝇一样到处乱窜，一边对着地图猛找方位，一边盯着抬头的时间不停地安慰自己不要着急，于是一头撞在了戴祈身上。

我头都没抬立刻道歉，口里还在念着马上要去上课的教室，可他却叫住了我："同学。"

我几乎能想象自己心中翻了多少个白眼，可毕竟是我撞到了他，还是停下了脚步："嗯？"

那是我最初见到的戴祈，短裤短袖，踩了双人字拖，在英国校园里很少能见到的打扮，所幸他长得还不错，干净又高大，不至于搭上邋遢这两个字。

"你是去×××吗，第一次去吗？"他说着看了一下我手机界面上的地图。

"啊，对的。"

他看了一眼表，"这地方挺难找的，我带你去吧，不然要迟到了。"

一听到这句话，简直犹如天神下凡，我也顾不上什么矜持，拖着他的衣袖往前小跑，"无敌感谢学长，拜托学长了，有时间一定请学长吃饭！"

他也小跑起来，"哈哈，小事情而已了，这教室我记到现在也是因为当初找了很久。"

再然后也算是机缘巧合，我看到了他发在朋友圈里的合租信息，离学校很近，拎包入住，价格大概只有市价的一半。于是，我们第二周就成了室友。

很久以后，我躺在他身边，戴祈替我往脸上涂过敏药膏，他边抹边说："我真的很早很早就开始喜欢你了。"

我一边指点他往哪边抹，一边说道："骗人，我们不就是中年男女搭伙过日子嘛。"

他就对着我笑，也不说话，等抹完药膏，才拍拍我的后背，"我挺确定我一开始就喜欢你的。"

"才没有，证据呢？你都不如我喜欢你。"

"哈哈，"他笑得露出了牙齿，伸手圈住我，在我耳边说道，"我认识你以后就搬家了，那条朋友圈是仅对你可见的。"

我这才突然想起来，最初的聊天，我可能对他说过，想换个离学校近的地方住。可我又怎么会想到这个，毕竟那个时候的戴祈还有个相恋两年的女朋友。也许我们这段感情又死于非命，是因为老天长眼，毕竟渣男和绿茶婊不能总给好结局。

可我跟戴祈怎么也得算是和平分手。去澳洲给莉莉收尸前我就和他说："戴祈，我要离开英国了，可能以后也不会再来几次了，这一年多我过得挺开心的，以后大家都还是朋友。"

我明明清楚地记得，他说了句："我送你去希思罗吧。"此外，再也没有别的什么话语。我倒是从没有期待过他会挽留我，或者为了我们的关系牺牲什么。毕竟他前程似锦，摊上我这样一个泥潭也属人生不幸。而我，那种一厢情愿的自我牺牲，一辈子傻一次也就够了。所以那天听到邵嘉盛说戴祈回国了，我还以为是他用来呛我的，没想到，他还真的回来了。

慢慢地，出租车已经开到海淀，快往四环走了，我低声问李心墨："啊，你搬家了吗？"

她点点头，"刚换的房子，正想拜托你，要是宋凌问起来，能不能告诉她你没去过。"

"哎呀，那真是不好意思了，这样耽误你的时间……"

"没关系，没关系，马上到了。"说话间，车已经停下了。

我跟着她上了楼，客厅里满满地摆着两大箱纸盒，李心墨特别不好意思地说："这东西好像有点多，我等下帮你抬下去叫车。"

我走进了客厅，"我都不知道宋凌有这么多东西在你这里。"

她顿了顿，"哦，大部分是要还她的东西，鞋包什么的。"

说着，又拿出了一张卡，"这是她的副卡，也帮忙拜托还给她吧。"

我这还在沉浸在这两人简直是一副已婚的状态，她又像是想起来什么，往房间里走去。

这时候，从房间里走出了一个身影，头发有点乱，穿着睡衣，一脸刚睡醒的样子。

她开口道："你回来了？不是说起码要待到明天吗？冰箱里什么都没有，等下出去吃还是叫外卖啊。"似乎是没有看到我，拿了瓶水，又走回了房间。

李心墨显得有些尴尬，"呃，我女朋友，刚回来还在倒时差。"她又回头朝我抱歉地一笑，"等我一下就好。"

她从房里出来的时候，手上拿了个首饰盒。

"能不能把这个也还给宋凌啊。"她有些不好意思，没有说明首饰盒里有些什么。

我从她手上接过盒子和信用卡，"没问题，我都会还给她的，还有别的什么吗？"

"没有了，"她立刻接到，"真是麻烦你了，下周一定请你吃饭，明后天我们就约。"

"不用了，小事情，我看你也太忙了，"我朝她努努嘴，"那我们走吧？"

在她锁门时，我还是忍不住问道："你们是同事啊？和戴祈。"

她想了好一会儿，才反应过来我在说什么，"没有没有，不是一个公司的，恰好项目时间都挤在一起了，从前会议上照过几次面。"

说着又问我："你跟他认识吗？"

"嗯，"我没有否认，"从前上学的时候认识的。"

等宋凌一回家，就对着客厅里的大纸箱子大呼小叫："周子鸣！你这刚回来就淘宝！还一买买这么多。"

我慢悠悠地从房里出来，心想，这李心墨大概是知道我如今借宿宋凌家，才会托我当这中间人吧，"姑奶奶，你倒是看看这都是些什么。"

我又慢慢地踱到她身边，掏出了首饰盒和信用卡，"这副卡我还能理解，里面的婚戒是怎么回事？"

我说着又打开了这纸箱，"这里面的 Chanel，Gucci 能不能送我啊，我不介意二手的。"

宋凌还是不说话，我接着说："宋老板啊，你泡妞这套，还是挺会的嘛。"

她终于白了我一眼，"行了，阴阳怪气够了吗？"

"我现在这工作算是她爸替我找的，"宋凌把包甩在沙发上，"我送她点东西不过分。"

"她这是要跟我断干净啊，"宋凌又自言自语说道，"估计又是那贱货搞的鬼。"

说实话，我有点惊讶。宋凌并不是那种随时把脏话挂在嘴边的人，显然是对李心墨新女友有无尽的不满。

我装作不知道地问道："你在说谁呢？"

"谁？"她提高了音量，"还有谁，你说呢？墨墨新交的女朋友，那个美帝留学婊，一个劲骗墨墨跟她去美帝领证。上次逼着她拉黑我还不够，现在还要逼着她彻底跟我划清界限。"

我自诩不是个正常人眼里的三观正，可听了她这番言论还是忍不住说道："拜托，小姐，你是要结婚的人了，她也有了新女友，你们就不能不要再纠缠不清了吗？"

"那贱人欺负她！"宋凌显然恼了，"上回墨墨都给她下跪了，每次都把她骂得狗血淋头，我恨不得立刻飞过去给她出气。"

见我没说话，又说道："何况，我结婚也是不得已，我也没有办法。"

"那你也跟我说了，人家这都在一起了，还跟你出来有的没的，确实是李心墨理亏啊。"

宋凌气得站了起来，"你到底站哪边啊？你手机借我一下。"

"你要干什么？"

"给她打电话。"

"你能不能就这样算了，就当放过你也放过她了。"

宋凌瞪着我，半晌说道："周子鸣你不带这样的，你当初到处婊的时候，跟谁哭呢？邵嘉盛不说了，算是我害你。戴祈呢，她那个打胎宫外孕还精神病的前女友，你倒是可怜过她？"

要是换做半年前，我可能真的就无话可说了，可见过莉莉躺在停尸房的样子后，我竟然觉得这些都无所谓了，"宋凌你能不能别疯了？李心墨她就是不爱你了，你怎么挽回都是没有用的。"

她冷笑了一下，"我不在乎她到底跟谁在一起，我只想让她心里有我。"

我叹了口气，心想，宋凌大概是没救了，默默把手机递给了她。

当初崔莉莉也许就是死在我的纵容下，如今此情此景再现，我竟然依旧是选择纵容。

五

"你明天真的要去参加吗？"洗完澡，宋凌躺在床上问道。

三个小时前，我跟她还是一副再也做不成朋友的样子，旁人可能也想不到我们现在这和好如初，相亲相爱的样子。"是啊，"我敷上面膜，走到床边，"回国前就定好的同学会，从前就老是被人说没有集体观念，这次再不去，大概就要被人黑到体无完肤了。"

宋凌还是一脸担忧的样子。我爬上了床，"你就别对我操那个心了，也不看看自己刚刚那个样子，真是急死人。"

宋凌拿了我的手机后，便径直朝里屋走去了。可纵是她关上了房门，我还是清晰地听见了她的嘶叫，我甚至听到了她的威胁："你要是再这样，我就找你妈。"

"说句掏心窝子的话，"她转过来面对我，"这么多年了，墨墨就跟我精神支柱一样，我是不能没有她的。"

我看着她这个样子，也懒得费什么口舌跟她争辩，我这种相信人各有志的人，可能永远都没有办法做成什么益友。

第二天，纵是早已料到我的出现可能会尴尬整个气氛，可还是被那突然凝固的环境惊到了。我推开包间的门，一下子鸦雀无声。

半晌，还是大学同寝室的室友招呼了我，"子鸣啊，真的是好久不见了，来，做这里。"

一阵寒暄后，才小心翼翼地问道："崔莉莉那到底是怎么回事呀，听说你去见了最后一面呢。"

身旁的人见她开口问了，立刻插上了话："还有那个李牧，他家是怎么了呀，听说落败了靠崔莉莉在养？"

"她卖的事是不是真的呀？"

我转过头，平静地说："没大家传的那么夸张，本来就是一个挺无聊的故事。"

"怎么会？"又有人插上话，"那你倒是跟我们说说呗。"

我呼了口气，我也理解他们这种事不关己的好奇心，简单地说了个大概："李牧他父亲被双规后就倒了，后来在澳洲欠了不少钱。莉莉背着他想帮他，选错了路，后来就发生意外了。"

可这几句显然满足不了看客的胃口，"哎，我听说她还吸毒了是真的吗？"

"我可是听说她还是出台的那种呢。"

班里的团支书可能怕我尴尬，出声制止道："行了行了，大家老同学聚会的，说点自己的事情。"

见她这么说，大家也不好意思再追问我，可聚在一边说起了莉莉的往事。

"你还别说，我当初还挺羡慕崔莉莉的。"

"羡慕的人多了去了，那就是活生生的电视剧情节，李牧长得又帅，就说他当年那超跑，之前我可见都没见过。"

要说李牧追莉莉的事，其实我也羡慕过。

正是少女心的时候，谁能抵挡得住王子给的童话故事。

李牧是在邵嘉盛的局上认识的莉莉，严格来说还算我拉的皮条。可能是惊为天人，一见钟情，先头两次被莉莉拒绝后，富家子弟的攻势便一发而不可收。那个时候我和邵嘉盛已是圈子里公开的一对，每回酒局上遇到李牧，他要不朝我半撒娇式地说："小嫂子，帮我做做红娘，约约莉莉呗。"要不就是提个大牌纸袋子给我："小嫂子，帮忙把这个包给莉莉行吗？"

我总是下意识地求助邵嘉盛，他一般也就半开玩笑地轻拉李牧，"行了，不是早就要到人家姑娘的号码了吗，花了那么多心思还追不到，就算了吧？"

李牧倒是完全没有不好意思，"我就是喜欢她，花再多的心思我也乐意。"说着，又看向了我，"小嫂子，你就帮帮我呗，我李牧对天发誓，一定对莉莉好。"

"一边去，"邵嘉盛走到我身边，"能说点正经话吗？"

我其实只是帮他递过几次礼物，大部分时候就是被莉莉臭骂我出卖队友，然后再原封不动地还给他。我也问过莉莉为什么不能接受他，毕竟李牧有那样的条件，人还算得上风趣幽默。莉莉刚开始总是说，你不会懂的，后来应该是拗不过我每次追问，模模糊糊地给出了一句："这不是我能力范围内能处理好的感情。"

光凭着这句话，她就不能算是没有自知之明的人，现在想想很多事情，也许只有一开始的判断才是对的，泥潭本来就是越陷越深，越来越看不清。

可李牧似乎完全是不需要我的助攻的。他大部分公子哥的花样其实都是和莉莉在一起后才使的，追莉莉的时候更像是一个嘘寒问暖的痴情小男生。那时候，北京还没回暖，他不知道从哪里弄来莉莉的行程，每次都雷打不动候在莉莉接活的场地等她结束，莉莉自然是每次都无可奈何地说："你这样真的没有必要，下次不要来了。"

而他也不说别的，指了指车座下，示意莉莉打开保温箱，取出热饮和热便当，"你一个人回去太晚了，我担心。"

还别说，他这个二十四孝司机有些时候真有些别的用处。有一回，莉莉刚给我哭着打了电话说，对方非说她找的礼仪人员不达标，不肯发工资。我正准备洗漱出门替她舌战群儒，她又打来说不用了，已经解决了。在我的逼问下，才支支吾吾地说，李牧见她哭着从正门出来，问清了缘由，二话不说找对方对峙了。不知道他用了什么办法，也就十来分钟他便出门招呼莉莉上车了。还笑着告诉莉莉，事情解决了，明后天对方就给她打款。

所以这种贴心又靠得住的人设，我倒是惊讶于崔莉莉能抵抗那么久。毕竟他们在一起后，有天我们一起做完学校的活动，大家都喝到烂醉，我问她："你老实说，你什么时候开始喜欢上李牧的。"

她的眼睛笑成了弯弯的两条缝，"本王我啊，应该是一开始吧。"说着又像是不好意思地反问我，"那你说，你刚开始见他，你就没有好感？"

"不敢对朋友的男朋友有非分之想。"

她攀上了我的肩膀，冲我哈气，"允许你有几秒钟念想。"

"谁能对他没有好感？"我也搂过她，"他要是那么对我，我早就缴械了。不对，他只要说他想跟我在一起我就上了。"

"周子鸣啊周子鸣，"崔莉莉大呼我的名字，"你这女娃子，谁对你好点你就能喜欢谁，当心吃大亏啊。"

我"咯咯咯"地笑，"放心，我也就能喜欢两分，吃不了大亏。"

我自诩是个很有自知之明的人，掂得清自己在别人心中的分量才能让自己在提要求时不至于太难堪。可能最后糊了眼，才忘了人本来就不应该去要求对等的感情。

我还处在放空的回忆状态，肩膀就被人轻轻拍了一下。我回过了神，我依稀记得他似乎叫王宪，在班上挺活跃的，从前的关系只处于一个学期打过几次招呼。

"周子鸣，好久不见了。"他见我抬头看他，咧开嘴朝我笑道。

我也微笑着，"是啊，好多人都变样了呢。"

"哈哈，周大美女，就算再怎么变也是大美女啊，"他说着在我身边的椅子上坐了下来，"听说你刚从英国回来？是准备在北京发展了？"

"是啊，回来没多久，还没去想找工作的事呢。"

"哎，那你有兴趣去创业公司上班吗？"

我侧了下头，示意他继续说。

"是这样的，我一关系很好的硕士学长，辞职创业了，"他拿起桌上的茶杯，"现在挺缺国外回来会做研究分析的人的，怎么样，你看有兴趣吗？"

说着，又补上了一句："待遇方面肯定没问题，他刚融到了一笔大资金，多待几年的话，应该会给股份。"

我觉得有些莫名其妙，但又说不出哪里出了问题，"这公司是做什么方面的呀？能再具体给我说说吗？"

"行啊。"王宪就在我身边开始滔滔不绝地介绍学长的公司，直到开始上菜后都没有离开。

"那我今晚就跟学长说，"散伙后，王宪还不忙拉住我，"这学长人真的挺靠谱的，导师请我们吃饭认识后，帮了我不少忙，等我的消息啊。"

我只能一直笑着点头，然后快步离开了酒店。

六

没想到，刚到家，王宪的信息就发了过来，定了时间地点，以及他学长的联系方式。我推了推身边的宋凌，"我明天要去面试，借我套衣服穿。"

宋凌一脸疑惑，"啊？你这不是一直在做社会闲散人员吗？怎么，昨天去了人才市场现场塞小名片啊？"

"扯淡呢，"我翻身下床打开了她的衣柜，"快点，给我找件最普通的白衬衫就行。"

她还是懒洋洋地躺在床上，"你自己随便拿吧，都挂在上面了。"

王宪把他这学长吹得神乎其神的，见到真人后，其实也就那么回事。热钱涌入互联网行业，人才总是有，骗子何其多。不过他除了会说些假大空的鬼话，好歹还是有点真才实学的，鉴于我目前失业寄宿的状态，一阵"相谈甚欢"后，我快速给自己谋了口饭吃。

临走前不忘叫住我，"子鸣啊，你刚回北京也不着急入职，不过下周有个和投资人的会议，我希望你能赶在那个之前上班。"

"下周三是吧？嗯，我下周一就能入职。"

他绕过办公桌，伸手和我握了握，"嗯，欢迎加入。"

"你没个知根知底的人也敢这么随便地去一个互联网创业公司？"一回家和宋凌说已找饭票，她就开始盘问我。

"那 CEO 说他投资人对这个项目很关心的，貌似是和他弟弟争他老头宠的筹码，短期内肯定倒闭不了。"我企图用王宪学长的话来堵住宋凌的嘴。

"啧啧啧，这还是我认识的那个心高气傲的周子鸣吗？"她没好气地说道，"什么时候没倒闭就是你的追求了？"

我扯了块浴巾朝洗手间走去，"行了，情况不妙，大不了溜了呗。"

见我关了浴室门，宋凌在门外扯着嗓子叫道："那崔莉莉的骨灰呢？！你能不能尽快给她找块地葬了啊，你再供在家里，我可要请法师了！"

"这事我也急啊，你看你有没有认识什么人，能帮个忙的？"

"你说你多管什么闲事，"宋凌还在房间里大吼，"我能认识个谁，我明天去问问同事，再没招，我就只能去找邵嘉盛了。"

我打开淋浴后，隐隐约约只听到了邵嘉盛三个字，立刻伸出头大声阻止道："你！不！许！"

"……这是茶水间……洗手间……打印室……这就是你的办公桌了，"王宪的学长对我还算热心，上班的第一天一直带我走到工位，"不好意思啊，公司才刚起步，实在是太小了。对了，投资人把会议时间提前了，你把东西收拾一下，十分钟后一起去总部开会。"

"啊，"我有些惊讶，"张总，我这才刚到，公司业务什么都不怎么熟悉，这样合适吗？"

他一脸不在意的样子，"没事没事，你就在后面坐着听就行，不需要发言，我就是带着你去总部锻炼一下，以后总是有需要你独当一面的时候。"

这话我听了心里直打颤，我又是哪里有了闪光点，让这老张还没接触呢，就想着培养做公司骨干了。

直到邵嘉盛出现在会议的主席位上，我才渐渐地有些明白这份突如其来的工作了。上学的时候，总觉得世界怎么这么大呢，形形色色的人都有。到了现在，只能感叹权钱流动的圈子就这么大，这本来就是邵嘉盛们的世界，哪有碰不见他们的道理。从前我和邵嘉盛的事虽然谈不上人尽皆知，风言风语还是不少的，我虽不与班上的同学亲近，我那点破八卦可能他们比我知道的还多些。可他们又怎么会不知道我和他早就分开的事，王宪要真觉得邵嘉盛还对我有些余情，也未免高看了我一眼。

结束后，我正想偷偷一个人从小门溜走，却被张总叫住了，

"子鸣，去哪呢？走这边。"

"哦，"我尴尬地摸了摸头，"我想去上一下洗手间。"

"洗手间的话，出门直走右拐。"还没等张总说话，邵嘉盛的声音飘了进来。

张总连忙给我介绍，一副他完全不知我和他关系内幕的样子，"子鸣啊，快过来快过来，刚刚来得迟了，还没给你介绍邵总呢。"

"邵总，这是我们的运营部总监周子鸣，"转头又对我说道，"子鸣，邵总就是我们的投资人。"

邵嘉盛很自然地向我伸出了手，又对张总说道："张总，这就是你的不对了，人家女孩子急着上洗手间，还把她叫过来。"

我握住他的手，连忙说道："不着急，不着急，我只是想去补一下妆，都是不打紧的小事。"

"张总啊，"邵嘉盛松开了手，转向了王宪学长，"我最近正好有些运营方面的想法，想找个人谈谈，你上次答应我开会的时候会带个专家过来，想必就是周总监了？"

张总先是愣了几秒，随后立刻点头如捣蒜，"是啊是啊，子鸣在这方面一直有很棒的想法，邵总不妨跟她谈谈。"

邵嘉盛自顾自笑了，"那人我就借你几个小时，下午定毫发无伤地还给你。"

王宪学长也笑了，"哈哈，邵总说笑了，不过邵总要是想挖墙角的话，我这小庙可真留不住啊，那我就先走了啊。"

"嗯，"邵嘉盛点点头，又向呆若木鸡的我招招手，"走吧。"

"感觉，你像是被摆了一道啊。"邵嘉盛边走边偷笑，还强忍着企图不被我发现。

我没有说话，内心已经翻了无数个白眼。

"干吗不说话？你不会对我恨到此生不复相见了吧。"

我突然停下来，仰头问他："这要是你安排他带我来见你，就真不是你的风格了。"

他也停步子，背过手去，"怎么会，我见你也是懵的。要是我没有猜错的话，应该是他找了关系拜托你来上班的吧。"

听他这么说，我转身就想告别，"那就成了，拜拜，我上班去了。"

"别啊，"他一把拉住了我，"我想跟你说说话行吗？"

我又背着他翻了个白眼，"你这么喜欢找你前女友说话，你那门当户对的现女友和拼死救回来的初恋知道吗？"

他没有说话，拖着我走到了地下车库，拉开车门，才对我说了两个字："上车。"

我站着没有动。他叹了口气，"我现在没有女朋友。"

"听说，你要拿这个项目和你弟正面杠啊？"

上了车后，邵嘉盛才说他想去挑套厨具，一个人逛街有点心酸，问我能不能陪陪他。我从前就是这样，谁跟我要横，偏偏硬得像块石头，谁服软一下子就没了原则。

"怎么说？"

"那我怕你从前做的努力都是白费了哟。"我轻描淡写地接了一句。

他咬着下嘴唇，像是想了很久的样子，"子鸣，我知道从前是我欠你，我这两年也一直想要补偿你，我不知道我还应该怎么做……"

"你想什么呢，"我打断了他，"我要是随便说句酸你的话，你都能联想到七七八八，那还是不要再说话了。"

我接着说："我只是觉得，这既然是你当初自己选的路，是不是也该慎重点。邵嘉和不是你做个打水漂项目就能压倒的人，你后妈更不用说，早就听闻她的厉害了。"

"天使轮投给老张的时候，就想着玩玩，我也没有期待他能做出来，后来出了些成果，还不错，于是又投了几次。现在的确是骑虎难下。"

我没有接话，而是拿起一套煮锅举到他面前，"这个怎么样？"

"你喜欢铜锅啊？"邵嘉盛接过看了下，"这套挺好看的。如果我要炖肉怎么办？"

"嗯，那个铸铁锅不错的，就是蛮重的，这么一套，不知道你能不能自己提到车库去。"

邵嘉盛偏不信邪，非要一手一个举给我看，"怎么就不能了"那话还没说完了，铁锅就从他手上垂了下来。

他尴尬地招呼了声店员，"给我包一下这两套，麻烦了。"

我戳了戳他的手臂，"你一年去健身的次数不超过一个手掌吧？"

他正想义正辞严地反驳我，电话响了起来。我只看到他的面色慢慢沉重了起来，然后和店员说了声抱歉，立刻拉起我，匆匆往车库走。

"什么事啊？"我被他的大步带的小跑了起来，"这么着急。"

"宛陶出事了，"他转头看了我一眼，见我失了神才意识到自己说了不该说的话。

他停下了脚步，"要不等下我在世贸天阶那里放你下来，那儿离宋凌家不远。"

"没事，"我打断了他，"一起吧，说不定还能帮上忙呢。"

七

我们赶到医院的时候，戚宛陶已经推进去抢救了。邵嘉盛坐在手术室外的长椅上，将头深深地埋在了双臂间。

我坐在他身边，小声地问道："你跟她重新在一起了？"

"没有，宛陶复发了有一阵了，"他的声音很低，像是从很远的地方传来的一样，"我只是来看过她几次而已。"

"你妈妈知道吗？"

他摇了摇头，然后缓缓地转头看我，"子鸣，你还能再帮帮她吗？"

我惊得说不出话来，眼眶一下子就酸了，"邵嘉盛，你说什么呢？"

"子鸣，"他企图来拉我，"我没有别的意思，你想多了。"

我挣脱了他的手臂，"你但凡有一点点良心，就不应该说出这样的话。"

我努力控制着自己的眼泪，"你是不是还觉得我爱惨了你——"

"我难道就这样眼睁睁地看着她去死吗？"邵嘉盛也站起来。

我气得说不出话来，大口大口地呼着气，连刚刚一肚子的委屈都被压了下去。

"一千万，"我开口了，冷冷地看着他，"一千万我救她，省得戚宛陶做鬼也不放过我。"

他也看着我，特别平静地回答道："好。"

我一下子没忍住眼泪，放声哭了出来，他也不来拦着我，只是一个人坐着。

我别过身，穿过长长的走廊，头也不回地走了。

在医院的长廊里，我拨通了戴祈的电话："喂，你在哪呢？能不能陪我说会儿话。"

我觉得这么多年来把自己搞得这么惨也是活该。毕竟我连这样一个——在一个男人那里受了委屈，就跑到另一个那里哭——的坏毛病都改不掉。

戴祈在电话那头笑得很轻快，"你可真无情啊，多久前给你发了这么多信息，现在才回一个电话。"

"那你方便吗？"

"方便啊，正好休假呢，"他想都没想就说道，"你收拾一下，我等下来接你。"

一上车，戴祈就冲我喊："怎么了，刚哭过啊，眼妆都花了。"

我连忙对着镜子看，"有吗？"明明刚收拾过，还是逃不过他的火眼金睛。

"又在哪里受委屈了？"戴祈开车的空闲，又扫了我一眼，"这个蓝颜模式很危险啊，我们怕是又要旧情复燃啊。"

我没好气地白了他一眼。可是他说的也在理，毕竟我们的一开始，就是传说中的红颜模式。

那时候，我刚搬和戴祈一起住，他总是大大咧咧地买一大堆菜，实行共产主义。我也尝试着要付钱给他，可他总是说，他已经工作了，我还是学生，用的都是父母的钱，客气啥，买菜要几个钱啊。几次三番后，我只能通过做菜这一途径来回报他的"恩情"。可能这孩子没吃过什么好货，竟觉得我手艺高超，吃过几顿后，天天喊着要早点回家等着我给他做饭。

而我们的友情应该是用彼此的八卦换来的。我说我可能还会喜欢很多人，但永远只会小心翼翼地给出自己的感情了。这时候戴祈就笑，"还以为你这个小屁孩要说再也不会爱了呢。"

他的故事大多是如何英明神武地追到女神，唬得我一愣一愣的，直到有一天他放下刚刚激烈争吵的电话问我："我这样是不是真的是渣男？"

我有些反应不过来，"啊？"

"不爱了，难道不就应该分开吗？"

我从前就知道戴祈有个交往挺久的女朋友，现在已经回国了。说起来，他女朋友还算是我的直系学姐，当初戴祈公司出资送他念 MBA，她也麻利地申请了一年硕，难怪戴祈并不是我们学校的学生，却对校园了如指掌。当然，要是知道我后来会因为这个女人在校友群里被万人轮，可能我也不会去蹚这趟浑水。

"我没有办法娶她，子鸣，"和我本以为的痛苦不堪不同，戴祈的神色没有半分异常，"我知道我欠她，我真的很对不起她，所以我能给的我都愿意给，可她为什么非要我给不了的。"

"这段感情到了现在，除了徒增彼此的痛苦，我已经看不到一点积极的地方了，"他说着看向了我，"难道不是应该不要再浪费时间了吗？"

我本来以为这是个再稀松平常不过的桥段了，异国久了，感情谈了，男生想放手，女生还在爱。等我了解到这其实是个洒满狗血的故事时，我的名字已经等同于小三绿茶婊，可能还要再加上一个恶毒的形容词。

那天我还在图书馆赶论文，手机震了好几下，一个平时和我关系不错的同学接连发了好几条信息，"子鸣，群里炸了，有人点名撕你。"

我觉得莫名其妙，正想理直气壮地撕回去，可一打开手机，又哆哆嗦嗦地锁了屏。是戴祈的前女友的朋友，说她得了抑郁症，除了控诉我和戴祈渣男贱女外，还有一张张触目惊心的割腕照片。

我立刻收拾东西，可我一打开家门，竟是一片狼藉。

戴祈双手控制着另外一个高大的男生，好几个姑娘坐在餐厅的椅子上号啕大哭，满地打碎的碗碟，杂物被扔得到处都是。

"子鸣，你快点走。"戴祈见我开门，立刻朝我喊道。

说着，用身体挡住了想把我拖进门的另一个姑娘。

"走啊，快走啊！"他见我愣在一边，又焦急地吼道。

好在我脑子还算清醒，快速地下了楼，跑到公园报了警。事情是怎么收尾的我并不知道，只知道那天我在外面逛到天黑才接到戴祈的电话："没事了，你回来吧。"

我也没心情收拾屋子，就在沙发上一坐，"你给我个解释吧。"

　　说着，我补充道："我微信快爆了，一半是来骂我的，一半是来告诉我又在哪个群哪个组哪个网站被挂了。"

　　于是我才知道，戴祈说的对不起她是真的对不起，他前女友为他打过两次胎，第一次药流没干净，刮了宫；第二次，直接就是宫外孕。其实我早在挂我的帖子里看到过了，还有些零零散散的说他到处撩妹的料。可我竟然还隐约期待着戴祈给我一个不一样的答案，哪怕是欺骗我的。

　　可是他没有，他就这样一字不差地认了，丝毫解释也没有。

　　"我知道我犯了错，我愿意弥补她，"戴祈猛地在桌上砸了一个拳头，"可难道真的要我用一辈子来偿还她吗？"

　　我冷冷地回道："你还有一点点责任心吗？"

　　"那你说，怎么样才算是责任心？"他站起来瞪着我，"一定要两个人相互厌弃地过完这一生，互相毁了彼此的生活才是有责任心吗？"

　　我怔住了。然后慢慢地起身，走回房，锁上了门。我对着企图开门的戴祈说道："今晚能不能让我静一静。"

　　戴祈的话，在我听来，就像是对我说的一样。我总是在别人的故事里才看得更清，男人的愧疚感只能兑换他愿意给的，有些东西是他欠了你再多，也终归得不到。

　　天一亮，我就搭了最早的航班去了巴黎。

　　接下来的故事，屋漏偏逢连夜雨，不可谓不啼笑皆非。那天刚进市区，天就下起了雨，匆匆忙忙地打不到车，靠着导航找到了地铁站。还没进站呢，就遇上了抢劫，一阵风似的，瞬间身无分文。

我一下子慌乱地不知道该怎么办。一路上半英文半手势地问到了警察局，等到录完笔录，已经过去了五六个小时了。当警察小哥用带着浓重口音的英文问我，你有朋友来接你吗？我的慌乱感才再次袭上心头。

第一个映入我脑海的竟然是邵嘉盛。我强行压住这个想法，然后自言自语道："你现在只是在和戴祈吵架，所以自然不想看见他。"

可我借过警察的电话，拨出的还是邵嘉盛的电话。

理智告诉我，我不应该这样挥霍邵嘉盛对我的愧疚，而是趁机敲一笔大的，最好够我富足地过完这下半生。而理智的理智告诉我，其实怎么用都没差，可能我要的永远都得不到。

八

其实在邵嘉盛说他爱我之前，我对这段感情从未有过不切实际的幻想。灰姑娘的故事有，只是主角怎么也轮不到我。更可况邵嘉盛每个月打在我账户里的钱，时时刻刻提醒着我，这是一场公平的交易，并不是对等的感情。

可是我清清楚楚地记得那天，他对我说："周子鸣，我可能爱上你了。"

我只当他醉酒，并没有当真。可他见我没有理会，接着说："你给了我我所能想象的最舒适的感情。"

是啊，不吵不闹，需要的时候出现，不需要的时候隐身。

谁不喜欢呢？

可惜，那时候我已经被他的种种错觉欺骗，自欺欺人地以为他真的会爱我。他可以整夜不睡觉帮我分析实习时的案子，他可以挤出午饭时间打几个小时电话教我怎样和上司虚以委蛇，他可以想办法组局用自己的资源帮我积累人脉。不是说一个有钱人，愿意在你身上花时间才是真的爱你吗？何况，他在我身上也花钱。

整整两年，养只小猫小狗都应该有感情了吧。我应该是早就爱上他了，才会揪着蛛丝马迹找他也爱我证据，才会一等到他松口说也爱我，便毫不犹豫地宽慰自己，看，你们这是互相喜欢的真爱啊。

戚宛陶的事情，我们刚在一起时就和我提过。小学就在一起的初恋，初中也在一起念，中考前因为不想让她为了能和他念同一所高中放弃市里最好的学校，做了一把情圣，分手断了联系。邵嘉盛那时和我说这事，觉得自己年少时看了太多小说挺傻帽的，可我倒是觉得挺深情的。我还记得他特地和我强调说："我欠她太多了。那时候我爸的生意还没起来，我请她吃过最好的一顿饭也只是 KFC。"

邵嘉盛想必对她真的挺情深的，见着什么，都能回忆个三三两两来。我知道他们在一起快五年，我知道他们做彼此的树洞还经常抱在一起哭，我知道他们用最幼稚的方法——互相伤害，来证明彼此对对方都很重要。"我真的太害怕失去她了，我能在她家楼下跪一整晚，只是为了求得她的原谅，"邵嘉盛说到这还挺唏嘘，"现在，真的想都不敢想。"

可是他明明对我说："这么多年以来，我以为我再也遇不到说我爱你的人了。可是和你在一起后，我竟然觉得当初以为的刻骨铭心可能根本就不是爱情。"

他明明在西海岸开会时躲到洗手间偷偷给我打电话："我特么现在整个脑子里都是你，我想立刻听见你的声音。"

他明明在我手机没电失联一天后，紧紧抱着我不松手，在我耳边说："子鸣，你永远都不知道我有多害怕失去你。"

所以，当他和我说，戚宛陶的布加综合征已经发展到肝硬化乃至衰竭，他想去做移植配对时，才会告诉他，我也去吧。

我以为，他是真的爱我啊。

我以为他能给的爱跟我想要的一样多，而我不想跟一个死人竞争。

邵嘉盛的电话接起得很快。我大概用了生平最简洁的语言描述了我的现况，还没等我求助，他立刻回复了我："报个地址给我吧，我尽快找人来接你。"

于是托了邵嘉盛的福，全程导游陪同，白吃白喝在巴黎玩了三天，连回伦敦的机票都是他出给我的。

其实到了第二天，我已经对戴祈释怀了。可能是因为没有那么喜欢，也可能是因为和他在一起的日子太过于舒适乃至让我贪恋。

我能肆意妄为地躺在他身边抠脚。懒病发作时，可以三天不洗头。赶论文的时候，可以每天套上什么穿什么，毫无顾忌地素着脸。

我当然也贪恋被他爱着的感觉。

周末的大清早就去海鲜市场，我睡到日上三竿，睡眼惺忪地去厨房，戴祈已经在给龙虾放尿了。随口说了句，今天早餐不想吃面包了，他便大老远地去中国城搞来了豆浆油条。更不用说，我们一起手牵着手，每天饭后散步走过的路，我记得转角处的烤肉店，记得加油站附近的 Tesco①，记得要走两个街区总是有奇奇怪怪东西的水果摊。我可能再也不会经过这几个街区了，我怕我踩的每一步都能让我回忆得想掉眼泪。

"哎，怎么发呆了？"戴祈的手在我眼前晃了晃，"话说，你带护照了吗？"

我刚想回他，这种东西怎么可能随身带，竟在包里摸到了。于是，我讪讪地说："嗯，带了。"

戴祈立刻把手机递给我，"快看看最快我们能赶得上的免签或者落地国的航班。"

我白了他一眼，"别人玩说走就走，怎么也是有点准备的，你这样，连换洗衣服都没有。"

"快拿着，还是老密码，"戴祈把手机往我手里一塞，"没事，我们就去两三天，衣服在哪里买不一样啊。"

恰巧碰上等红灯，他转过头对着我，"最重要的是你心情不好不是吗？我们立刻飞，没有什么烂事是立刻甩手不管治不好的。"

我看着他，等绿灯亮了才小声说道："你为什么还要对我

---

① 乐购，英国本地超市。

这么好？"

他笑了，"你还记得你去悉尼前，我最后对你说的那句话吗？"

我怎么可能忘得了呢？

过检前，他说最后抱一下吧，我说好。然后我就在头顶听到了他默默地呢喃："I am gonna always love you.（我将会永远爱着你。）"

你知道什么是心突然抽了一下吗？我明明告诉自己说，能被话语感动的都是情感上的傻瓜，可那个瞬间，我的眼眶立刻就酸了。

戴祈他纵是再十恶不赦，渣到骇人听闻，我都没有资格斥责他。

他见我没说话，自语道："我对你，一直都只会是那句话。"

再然后，就是六个小时后，降落在曼谷了。

戴祈立刻奔着商场撸了一套撸串装，T恤短裤加人字拖，俨然当初刚相识的样子。

他架在我肩上，从身后推着我前进，"走啦走啦，我要去红灯区吃路边摊了！"

我扭头打他，"你个死人样，要不要顺便请你做个大保健啊。"

"哎，"他面露难色，"我们刚刚谈好的不是你一价全含嘛。"

我暗中掐着他的大腿，"行了，快点出发。明天我可是定了 Blue Elephant 的泰餐教程，你要是起不来，我就打你。"

戴祈又是一副心如死灰的样子，"大姐头啊，我要的是太阳晒屁股的休假啊，能不能定下午场啊？"

"不行不行不行，"我拖着他往前走，"早上能跟着主厨去市场买食材呢，你不准偷懒。"

九

不知道说是巧比较好还是说宋凌倒霉比较恰当，我竟然在曼谷的市场上见到了她和李心墨。我慌忙看了好几眼，才敢确定是她们，毕竟李心墨的新女友我才见过没几周。

宋凌显然是不想见到我，尴尬地打了声招呼。只有戴祈状况外地朝她俩大呼："这也太巧了吧，这地方都能碰见啊。"

我连连压住内心的疑惑，看着戴祈有一搭没一搭地和李心墨聊着工作上的事情，拉着宋凌走向了角落。

"你们重新在一起了？"

宋凌闪烁着飘忽的眼睛，"没有。"

我看她这样子就知道又是她心虚，"说吧，你这次又用了什么招？"

"你听我说——"

我见她又想开口辩解，立刻堵上她的话："我知道你又要说你们是真爱，宋凌啊，你们这样除了畸形，我想不出第二个词了。"

"我去重庆找她妈妈了，"她顿了顿，似乎有些不好意思，"我在墨墨老家给她打电话，要是她不和我见面就告诉她母亲她是个 lesbian。"

我错愕地张开了嘴："可是我记得，李心墨的母亲不是有很严重的抑郁症吗？"

宋凌没说话，似乎是默认了。

"宋凌，你还有点人性吗？"我正想继续说话，就被戴祈叫住了。

"干什么呢？走走走，该回去上你的做菜课了。"

我对着宋凌恨铁不成钢那般摇了摇头，叹着气和戴祈走了。

回北京的那一晚，戴祈向我提了复合。

他最后说："当然，你要是觉得不舒服或者太快了，完全可以拒绝我，我可以等。"

而我的心里一头乱麻，手机上是邵嘉盛的信息，"有时间能不能拜托来一趟医院，宛陶好像撑不了了。"

我赶到医院的时候，邵嘉盛正在病房里劝说戚宛陶再做一次移植。我站在门口，房门虚掩着，隐约能听到他们的对话。

"宛陶，你知道你这样会没命吗？"

戚宛陶有气无力地用力说道："我这命，迟早要没的，多活一个月和多活一年的区别罢了。"

"这是什么话，"邵嘉盛在她的床沿边上坐了下来，"不许你这么说。"

她虚弱地想直起身，邵嘉盛连忙上前扶住她，她趴在邵嘉盛的肩头，"我不想你欠她，我这条快死的命，不值得你因为我欠她一辈子。"

一听到这，我忍不住推门而入。

"哟，那你觉得上次的命是谁给的，"他俩显然没有料到我会突然出现，"放心，你初恋没良心的，早就证明他对我也就那点愧疚。"

戚宛陶哆嗦地问道："你说什么？"

不等邵嘉盛制止我，我面无表情地说："你这条命早已是我给的了，你不会真以为那年是撞大运正好匹配上车祸死者了吗？"

邵嘉盛一把拉过我走出门，"砰"的关上了房门。

"你这样有意思吗？"看得出他在强忍着不向我发火，"宛陶她已经要死了，你多说这些话有什么用？"

我多想直接就撩起上衣，给他看那个刺拉拉地趴在我的腹部的手术伤疤，可是我忍住了。

"你是不是从来就不会心疼我？"

邵嘉盛背过身去，像是忍了很久终于转过身从嘴里一字一句得说道："周子鸣，那你又要闹到什么时候呢？"

"每次见面，你都是这样要讨伐我的样子，我知道你受了委屈，可是我真的受够了。"

他喋喋不休地说："这些年，可能你还是觉得不够，可我真的尽力了，你自己的事，崔莉莉的事，甚至是你老家那些乱七八糟的事，我已经不知道怎么样才能做得更好了，我求求你给我个了断吧。"

这样的话，我是听戴祈说过一遍的。

他把自己锁在房间里，可我还是听得到他对前任的咆哮，"你还要这样折磨我到几时呢？这样无数次地提起，难道你心里就好受吗？"

"事情已经发生了，我们为什么就不能往前看呢？"

我对戴祈的前任同情过，惋惜过，冷眼相对过，怒其不争过，可惜直到现在才敢承认，我们明明处在一样的境地中。

我瘫坐在门口的长椅上，"可是我要的，你始终都没有给我。"

"那你要什么？！"邵嘉盛立刻接上。

"真心，"我斜眼看他，"你给得了吗？"

"那你对我又有几分真心呢？"邵嘉盛像是憋了很久的话终于说出了口一样，"起码我喜欢你的时候，我说的话都是真的。你呢，拿了那么点钱，对谁都可以虚情假意。"

我不可思议地看着他，"你说什么呢？"

"当初我是不是让宋凌对你旁敲侧击过，你对我有好感吗？当初是不是你让宋凌跟我说，你愿意和我在一起，可是你缺钱，让我看着办？当初这些不都是你说的吗？"

我没有说话，瞬间败下阵来，飘忽着移开了视线。

我万万没有想到，我这辈子可能毁在了我最好的朋友身上。

我像失了魂一样，也不理一旁的邵嘉盛，提起包，慢慢地往外踱去。

邵嘉盛还在我身后叫着："子鸣，周子鸣，子鸣你怎么了？"

我缓缓地转过头去，颤巍巍地说："我要是说，我从来都没有说过这些呢？"

回去后，我给宋凌做了一桌的晚饭。

她下班后见我准备了晚餐，立刻喜形于色，"子鸣，这么好！做了这么多菜，我以为墨墨那事你还生气呢。"

我平静地说道："好？你还知道什么是对人好啊？"

她见我脸色不对，立刻放包坐下了，"怎么了？"

"我几时让你跟邵嘉盛说我缺钱了？"

我见她不说话，继续说道："你倒是确实来问过我是否喜欢邵嘉盛，可是不管我喜欢也好，不喜欢也罢，你怎么能那么编造我呢？"

宋凌低下了头，"你以为你会需要这笔钱。"

"你不是说你想去外面看看吗？你从小就跟我说，要从老家那个县城走出来，要去大城市，去欧洲去美国，"她企图来握我的手，"子鸣，你说的每一句话，我都记得。"

我拨开了我她的手："那我是不是还要谢谢你给我找了个金主？"

宋凌她并没有接话，沉默了半晌，小声说："我不想看到你最后什么都没有。"

我正想长篇大论地指责她，话都已经冒到嗓子眼里，一听到这个，瞬间哑了火。

这世界上有多少事情，是毁于贪心，拿了钱还不够，还要一颗真心。

李牧家出事后，我不止一次提醒崔莉莉不要一门心思和他去澳洲了。

可她却反问我说："现在要是邵嘉盛家破产了，你会离开他吗？"

我几乎是不假思索地回答道："我会啊。"

崔莉莉不可思议地看着我，"周子鸣，你还有没有心？"

我答得很快，像是早就准备好了答案："我不是没有心，我是有自知之明。他的钱我值得，可他的感情我不配，我只是不贪心。"

其实我哪有像我说的那样理智，那时候我早就做了圣母捐了肝，也已经和邵嘉盛分了手。分手这事，他一直没有给我一个很好的理由，而我也没有问，毕竟我早就在宋凌那里听到了真实的答案。

邵嘉盛的母亲叶湘榆在他不到三岁时就和他父亲离婚了，那会儿，他父亲还是供销社的员工。起因是他父亲出轨，被发现时，外面生的儿子都已经快会走路了。听宋凌说，他母亲气得直发抖，连孩子的抚养权都没争，当月就离婚了。因为原先和宋凌母亲是小姐妹的关系，到现在还在走动。

邵嘉盛其实很少去见叶湘榆了，他当然知道从前完全是自己父亲的过错，懂事后也在尽自己的全力来补偿她。他更知道现在他父亲的这一切都是和后母一起奋斗来的，他在家里的地位到底有多尴尬他比谁都清楚。

所以当叶湘榆质问他最近是不是在交往一个下岗工人的女儿时，邵嘉盛支吾着没有吭声。她也没有追问，只是漫不经心地说："听说你弟弟邵嘉和在留学时找了卫生部副部长的女儿，现在准备去同一个城市读研了，是吗？"

她见邵嘉盛没有搭腔，继续说道："人的选择都是自己做的，你当然可以选择和那个姑娘在一起，你爸给你买个好房子买个好车都不是问题，在你爸公司里安排个分公司老总的名头也不是问题，普普通通地过比大部分人都富裕的小日子。"

"可是你这辈子也就这样了，"叶湘榆拍了拍邵嘉盛的肩，"儿子啊，你自己考虑清楚吧。"

宋凌见我不说话，急急忙忙地说："可是我觉得邵嘉盛还是很喜欢你的，你看看你们分开后他为你做的这些。子鸣，你不要难过，把误会讲清楚，你们还是能够在一起。"

我朝她戚戚地笑了，宋凌这些年一直在做着自以为对别人好的事，对我如此，对李心墨还是如此。何况一段注定要死的爱情，多一种死法，也无所谓了。

我将碗筷递给她，低低地对她呢喃道："他喜欢我吗？可能是真的喜欢过吧，你也知道的，只不过是可以被放弃的喜欢罢了。"

戚宛陶最后还是死了，我没有了第二次做圣母的机会，可邵嘉盛还是请我参加了葬礼。

他说："宛陶说她想谢谢你，多给了她这两年。"

我说："你帮我联系下李牧吧，我有话跟他说。"

他在电话那头似乎是想叮嘱我什么，想了半天又咽了回去，"嗯，好。"

葬礼的那天，邵嘉盛进进出出，忙前忙后地打理着，俨然一副男主人的样子。我本想就走个过场，一直躲在礼堂的角落里，可戚宛陶的父母偏偏要拉着我感谢为她们女儿做出的"奉献"。我不知道戚宛陶在遗书中把我写成了怎样一个伟人，不过看她父母这般热情，想必是没有袒露真相。

等我找到时机和邵嘉盛碰头时，已经过了午后。

他的声音很沙哑，面容中能看得出疲惫，"子鸣，李牧说他下午就到北京，下了飞机就和你联系。"

"嗯，"我看到他面带倦容，忍不住伸手帮他整了整衬衫的领子，"麻烦你了。"

他似乎没有料到我是这样的反应，见我要走，又叫住了我："子鸣，对不起。"

我回头看他，"戚宛陶已经走了，这事已经了了，你已经不欠我了。"

他抿了抿嘴，半晌才欲言又止地说道："这些年，我们过得都挺不容易的，我的难处，只能说给自己听。"

我理解样地点点头，"我明白。"

他朝我笑了，"医院那天的话，我都是一时口不择言，你不要放在心上。碰到什么难处，就跟我说。"

"知道啦，"我向他眨了眨眼睛，"不会客气的。"

我把李牧约到了本科的宿舍楼前的小花园。他的航班晚点了，急急赶到学校，天色都已经黑了。

李牧黑了，也瘦了。面庞还是像从前一样帅气，可惜再也没有了从前站在人群中一眼就能认出的意气风发。

我递给了他一瓶刚在小卖部买的啤酒，"坐。"

他倒也不矫情，直接坐在了花坛边上，"怎么愿意见我了。"

"这是我和莉莉从前住过的地方，你还记得吗？"我答非所问地回答道。

"怎么会不记得，有一回惹她不开心，还差点被她从楼上泼了水。"

我盘起了腿，北京夏夜的凉风，吹在身上还挺舒服的。

我突然没由来地问道："你还会想起莉莉吗？"

李牧答得很快："想啊，有时候一天想一次，有时候一天想五次，有时候一直想着，一天就这样过去了。"

"可惜我们在一起的时间太少了，好的回忆没几年，她走得太早，也太远了。"

李牧抬头望了望天，语调非常平静，像是莉莉只是出了个远门，"还真的怪想她的。"

我突然就湿了眼眶，哽咽地说："我也怪想她的。"

他伸手抹我的脸，"你别哭啊，都是在一起开心的日子，没什么好哭的。"

我伸手打开了背包，拿出了莉莉的骨灰，"你收着吧。"

他有些惊愕，好一会儿没有伸手。

"好好待她，"我塞到了他的手里，"有了新女友，也别完全忘了她。"

李牧笑了，"我可能再也找不到别的人了。"

"别这样说，"我拍拍屁股，站起了身，"人都要向前看，不是吗？"

我朝他挥挥手，"就此别过了，某人找我回家了。"

手机上是戴祈连发五条的信息："子鸣，什么时候回家啊，想你了。"

图书在版编目（CIP）数据

一百万个赞 / 李哈罗著. – 南京：江苏凤凰文艺出版社，
2018.8

ISBN 978-7-5594-1853-1

Ⅰ.①一… Ⅱ.①李… Ⅲ.①短篇小说 – 小说集 – 中国 –
当代 Ⅳ.①I247.7

中国版本图书馆CIP数据核字(2018)第071180号

书　　名	一百万个赞
作　　者	李哈罗
责任编辑	姚　丽
监　　制	赖天成
装帧设计	丁威静
出版发行	江苏凤凰文艺出版社
地　　址	南京市中央路165号，邮编：210009
网　　址	http://www.jswenyi.com
印　　刷	北京中科印刷有限公司
开　　本	880毫米×1230毫米　1/32
字　　数	170千字
印　　张	8.5
版　　次	2018年8月第1版，2018年8月第1次印刷
标准书号	ISBN 978-7-5594-1853-1
定　　价	38.00元

监制 赖天成 / 装帧设计 丁威静 / 封面插画 丁威静